な家

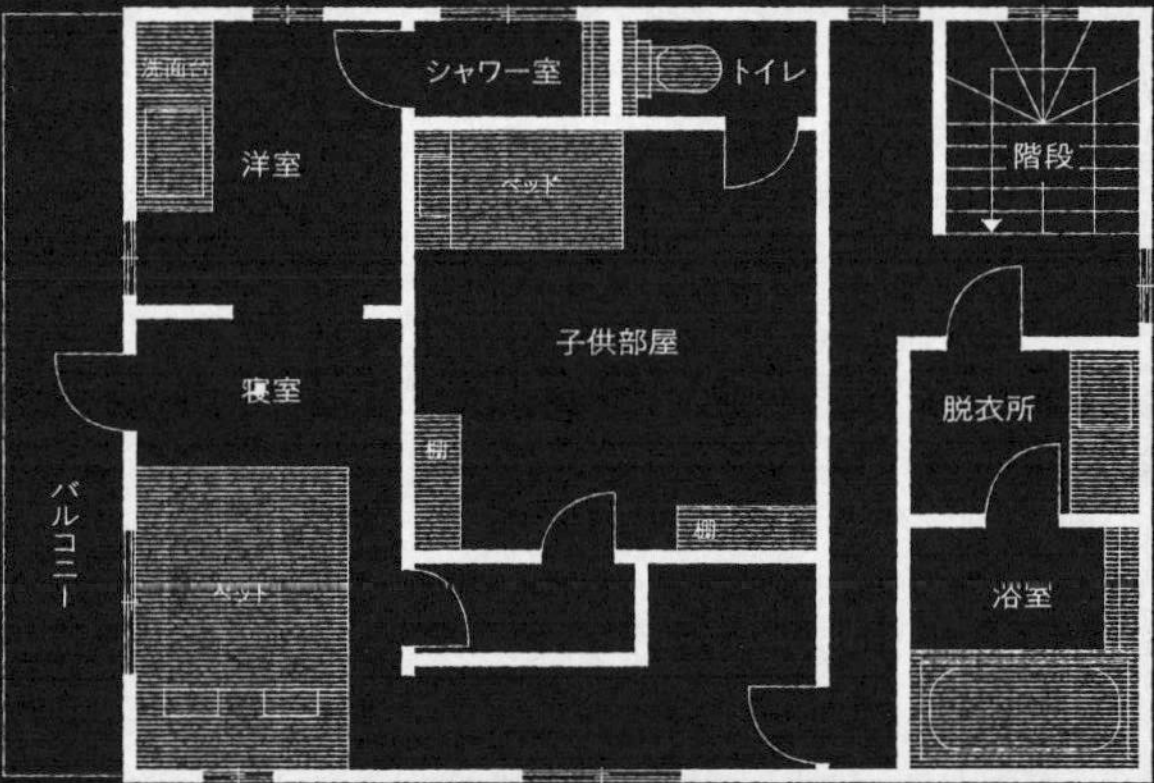

Uketsu
雨穴

飛鳥新社

これは、ある家の間取りである。

2F

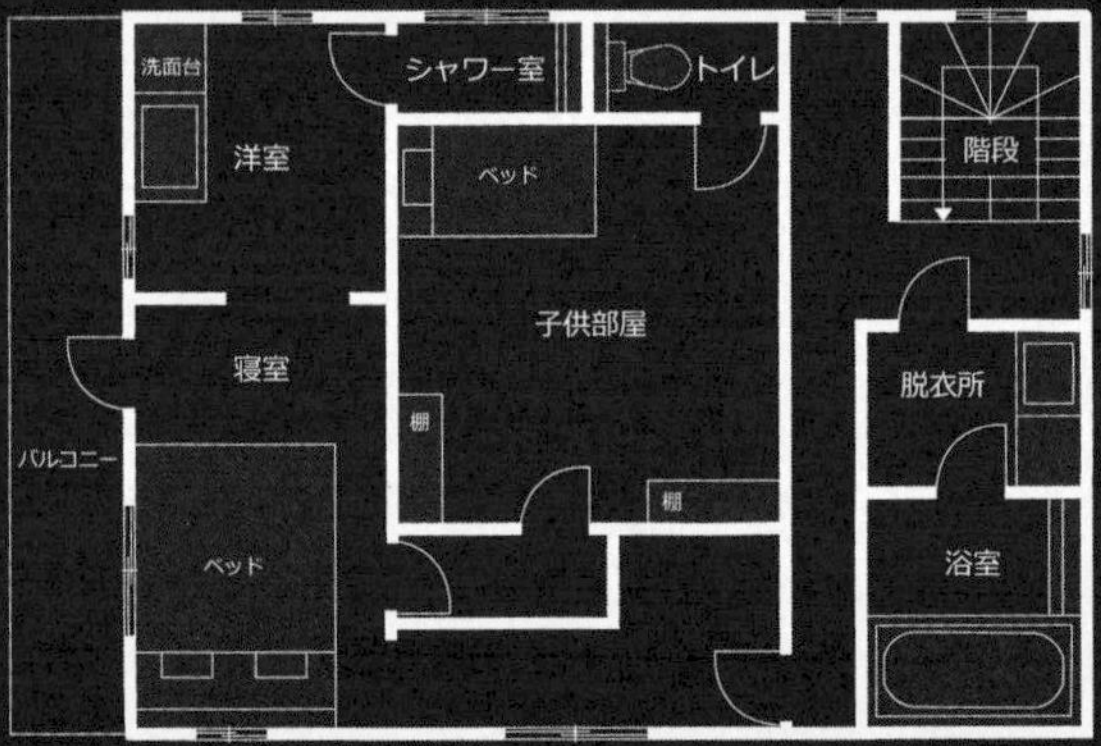
洗面台
洋室
シャワー室
トイレ
階段
ベッド
子供部屋
寝室
脱衣所
棚
バルコニー
棚
ベッド
浴室

1F

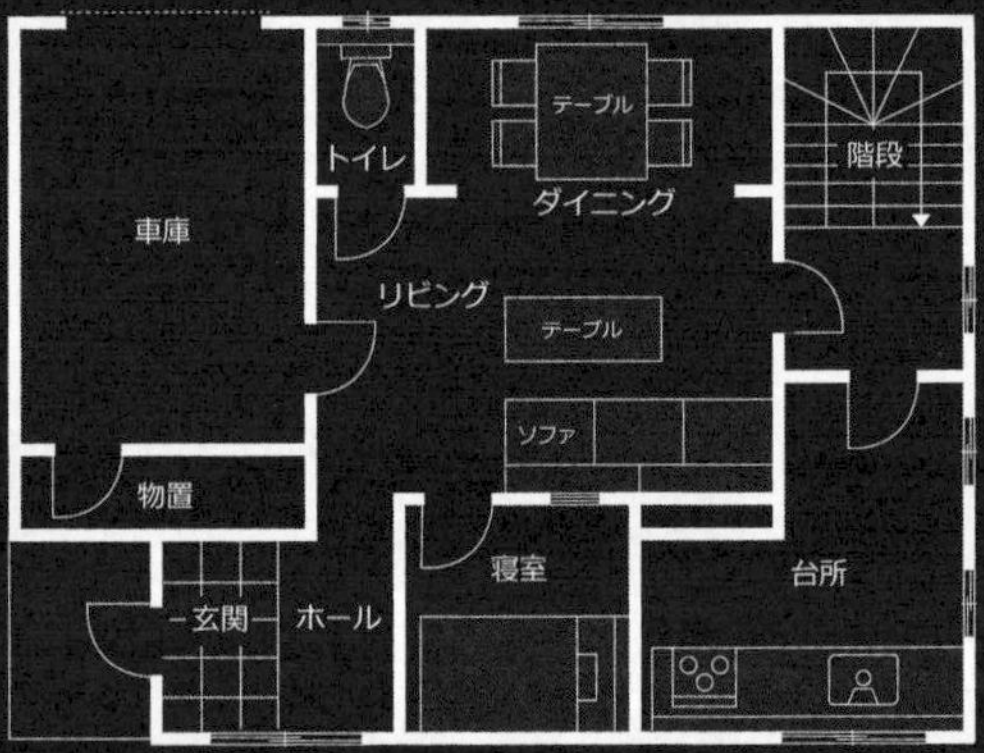
テーブル
階段
トイレ
ダイニング
車庫
リビング
テーブル
ソファ
物置
寝室
台所
玄関
ホール

あなたは、この家の異常さが分かるだろうか。

おそらく、一見しただけでは、ごくありふれた民家に見えるだろう。しかし、注意深くすみずみまで見ると、家中そこかしこに、奇妙な違和感が存在することに気づく。その違和感が重なり、やがて一つの「事実」に結びつく。

それはあまりに恐ろしく、決して信じたくない事実である。

目次

第一章　変な家

知人からの相談

私は現在、オカルト専門のフリーライターとして活動している。仕事がら、怪談話や奇妙な体験談を耳にする機会が多い。

中でもよく聞くのが「家」にまつわる話だ。

「誰もいないはずの二階から足音がする」「リビングに一人でいると視線を感じる」「押し入れの中から話し声が聞こえる」――いわゆる**いわくつき物件**のエピソードは、数えきれないほど存在する。

しかし、そのとき聞いた「家」の話は、それらのものとは少し違っていた。

＊＊＊

二〇一九年、九月。知人の柳岡《やなおか》さんから「相談したいことがある」と連絡が来た。柳岡さんは編集プロダクションに勤める営業マンだ。数年前に仕事で知り合って以来、たびたび食事をする関係になった。

柳岡さんには、近々第一子が生まれる。そこで彼は、人生初の一軒家を買う決心をしたという。毎晩遅くまで不動産情報を読み漁り、ついに彼は都内に理想的な物件を見つけた。

静かな住宅街に建つ二階建て。駅から近いわりに近隣に自然が多く、中古ではあるが築年数は浅い。内見に行ったところ、開放的で明るい内装に、夫婦ともども好感を持ったという。

ただ一つ、間取りに不可解な点があった。

1F

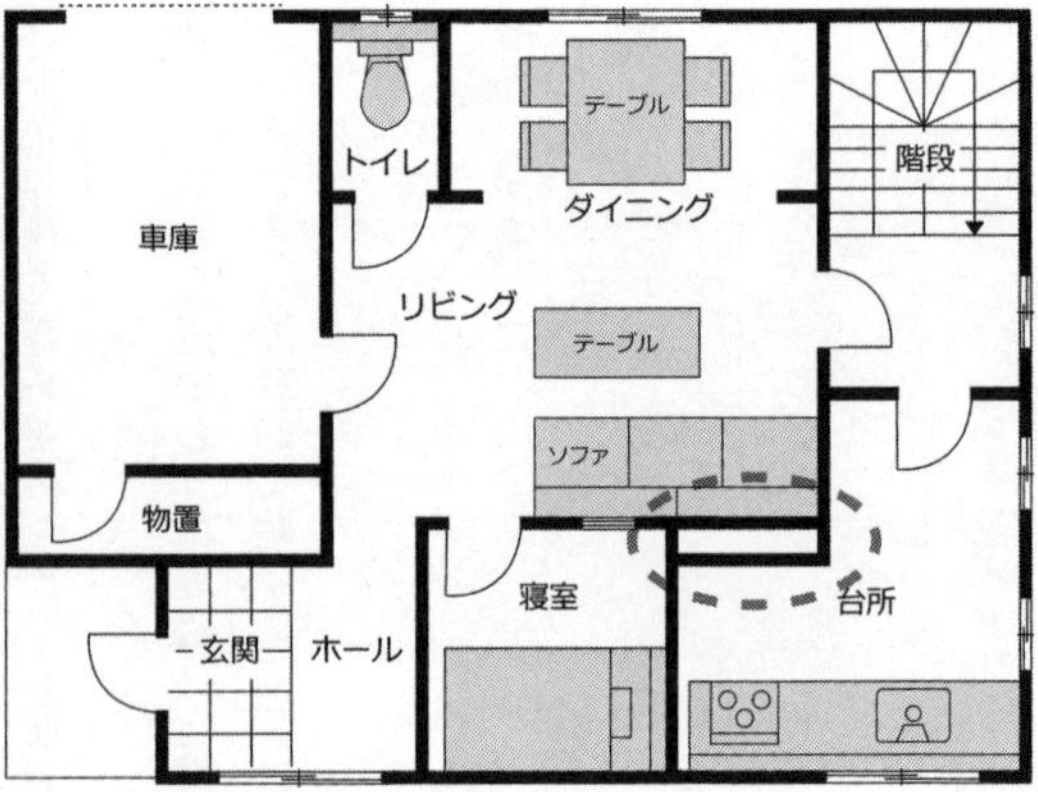

車庫
トイレ
テーブル
ダイニング
階段
リビング
テーブル
ソファ
物置
寝室
台所
玄関
ホール

一階、台所とリビングの間に、**謎の空間**があるのだ。

ドアがないため、中には入れない。不動産屋に聞いても、よく分からないという。住む上で不都合はないが、なんとなく気味が悪いので、購入すべきか迷っているらしい。

「オカルトに詳しいから」という理由で、私に相談することを決めたようだ。たしかに「謎の空間」という言葉は、非常にオカルト的で興味をひかれる。しかし、私は建築に関しては、まったくの素人だ。間取り図も満足に読めない。

そこで、ある人に協力を求めることにした。

栗原さん

私の知人に、栗原《くりはら》さんという人がいる。大手建築事務所に勤める設計士だ。さらにホラーやミステリーの愛好家でもあり、この相談にはうってつけだと考えた。

相談内容を伝えると、興味を持ってくれたようだったので、さっそく間取り図のデータを送り、電話で話を聞くことにした。

以下、栗原さんとの会話を記載する。

筆者 栗原さん、お久しぶりです。お忙しい中ありがとうございます。

栗原 いえいえ。ところで送ってもらった間取り図のことですが……

筆者 はい。一階の、ドアのない空間なんですが、これについて何か分かりますか？

栗原 うーん、一つ言えるのは、これが**意図的に作られたもの**だということですね。

筆者 意図的にですか？

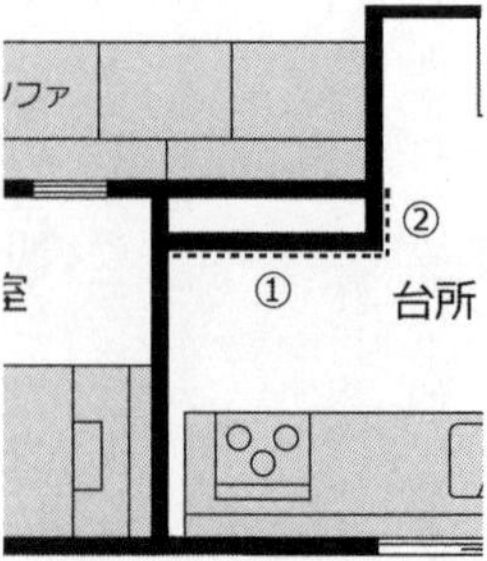

栗原　はい。図面を見ると分かると思いますが、この空間は、**本来必要のない二枚の壁**によって作られているんです。
台所に接した二枚の壁。これがなければ「謎の空間」は生まれないし、台所も広くなります。台所を圧迫してまで、わざわざここに壁を作ったということは、この空間が必要だったということです。

筆者　なるほど。何に必要だったんでしょうか？

栗原　もしかして、最初はここを、収納スペースか何かにする予定だったんじゃないですかね？

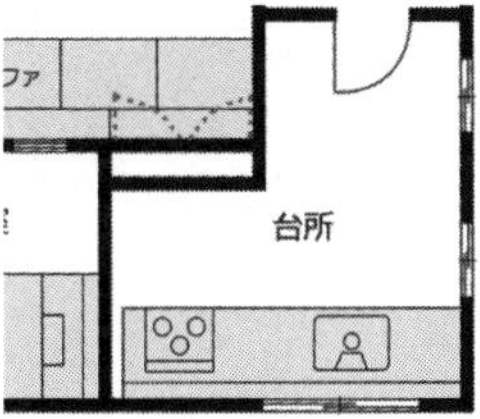

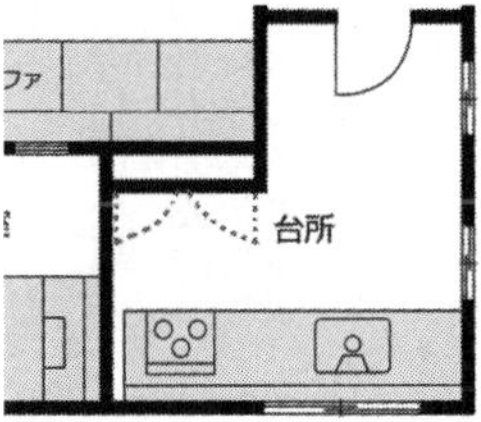

たとえば、リビング側に扉を取り付ければ、クローゼットとして使えるし、台所側に付ければ食器棚になります。だけど途中で気が変わったか、費用が足りなくなったかで、扉を取り付ける前に断念したんじゃないでしょうか。

筆者　そうか。そのときにはすでに工事が進んでいて、間取りを変更することができず、空間だけが残された、ということですか。

栗原　そう考えるのが自然ですね。

筆者　じゃあオカルト的な話ではないんですね。

栗原　そうですね。ただ……

――栗原さんの声が不意に暗くなる。

栗原　ちなみにこの家って、誰が建てたんですか？

筆者　前の住人です。夫婦と小さい子供の三人家族だったそうです。

栗原　小さい、というと何歳くらいだったんでしょうか。

筆者　そこまではちょっと……。それがどうかしました？

栗原　実は、最初にこの間取りを見たとき、ずいぶん変な家だなって思ったんですよ。

筆者　そうですか？　謎の空間以外、特に気にならなかったんですが。

栗原　おかしいのは**二階の間取り**なんです。子供部屋を見てください。

筆者　何か気づきませんか？

うーん……あれ？

2F

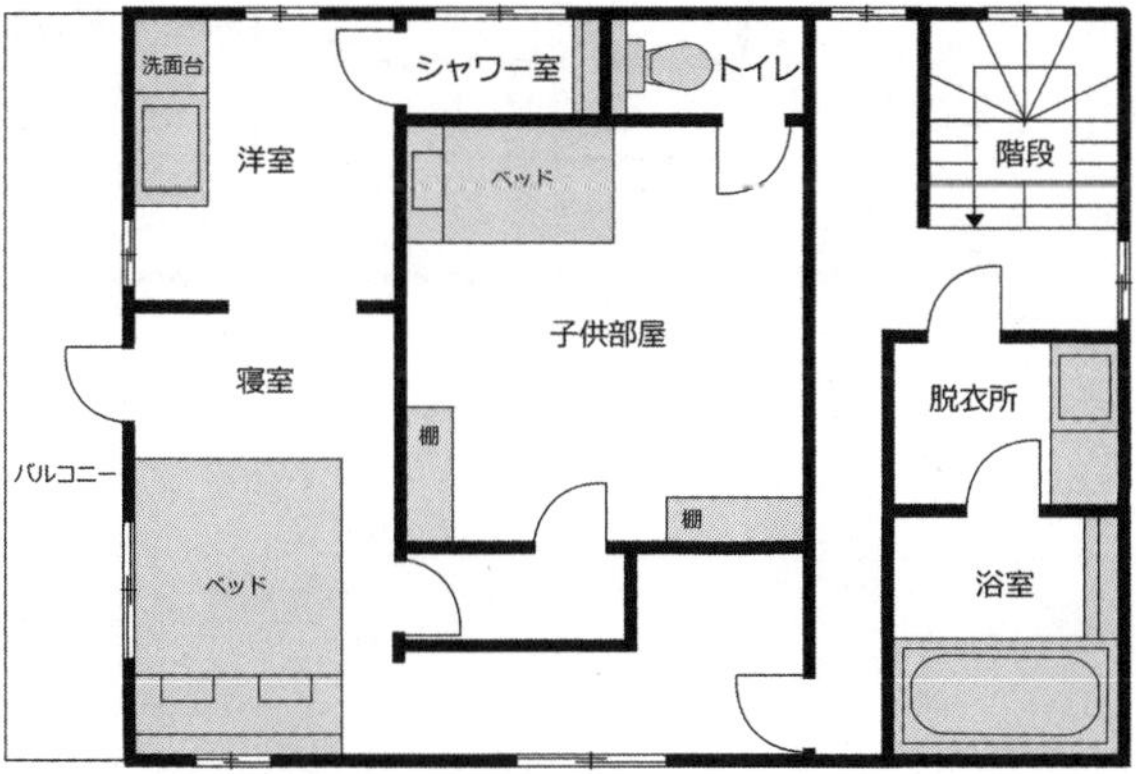

2F

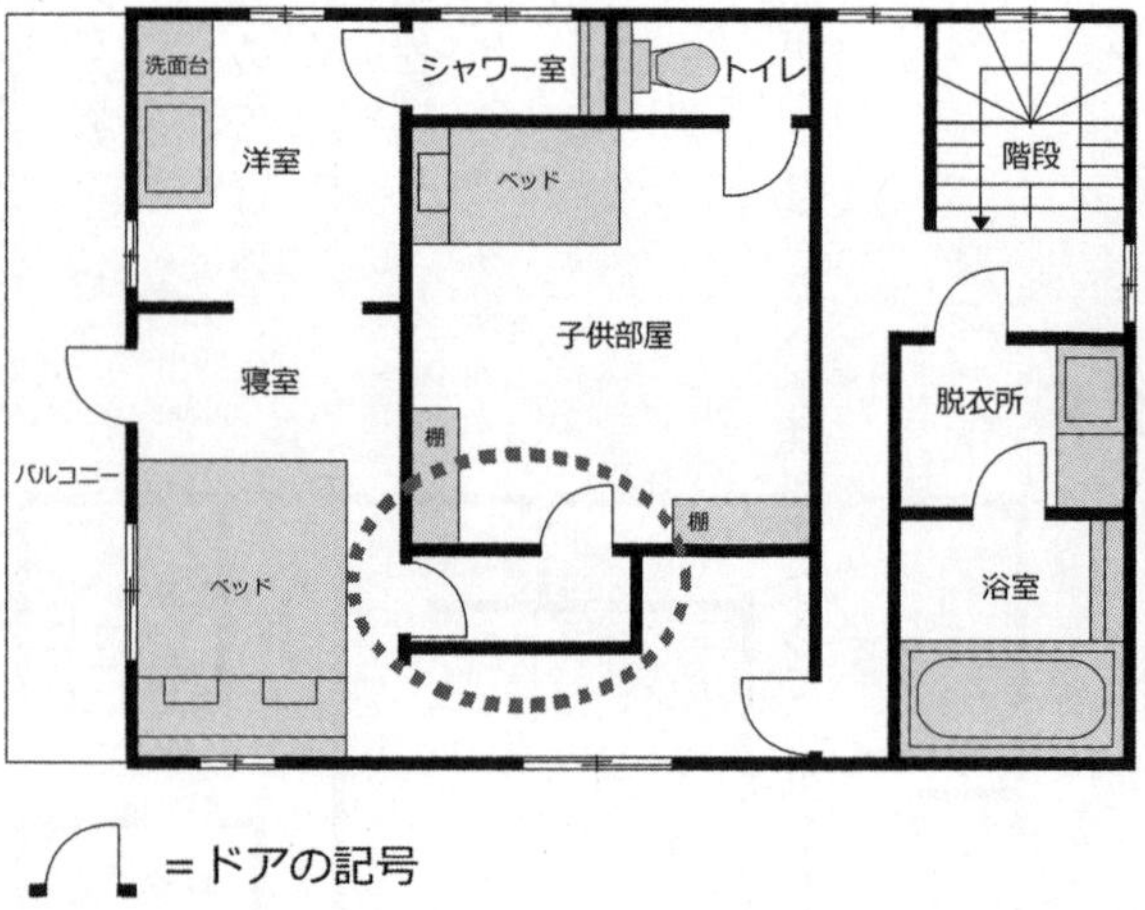

筆者　ドアが二つある。二重扉？

栗原　そうです。それにドアの位置もおかしいんです。たとえば、階段で二階に上がってきて、子供部屋に入るには、かなり遠回りしないといけませんよね。なんでこんなに面倒くさい設計にしたんでしょうか。

筆者　たしかに変ですね。

栗原　それにこの部屋、**窓が一つもないんですよ。**

――見るとたしかに、子供部屋には窓の記号（）が描かれていない。

栗原　だいたいの親御さんは、子供部屋はなるべく日当たりを良くしたい、と希望されるものなんですが……窓のない子供部屋なんて、少なくとも一軒家では見たことがないですね。

筆者　何か事情があったんでしょうか。たとえば皮膚の病気とかで、日光に当たることができなかった、とか。

栗原　それなら、カーテンを閉めれば済む話です。はなから窓が一つもない、というところに異常性を感じるんですよ。
筆者　なるほど。
栗原　それにこの部屋、もう一つ不可解なところがあるんです。トイレを見てください。ドアの位置から考えて、子供部屋からしか入れませんよね。
筆者　本当だ。子供部屋備え付けのトイレ、ということでしょうか。
栗原　おそらく。
筆者　窓がない、二重扉の、トイレ付きの部屋……。なんか独房みたいですね。
栗原　「過保護」と言うには行きすぎている。子供を徹底的に管理下に置きたい、という強い意思を感じます。もしかしたら、子供はこの部屋に閉じ込められて

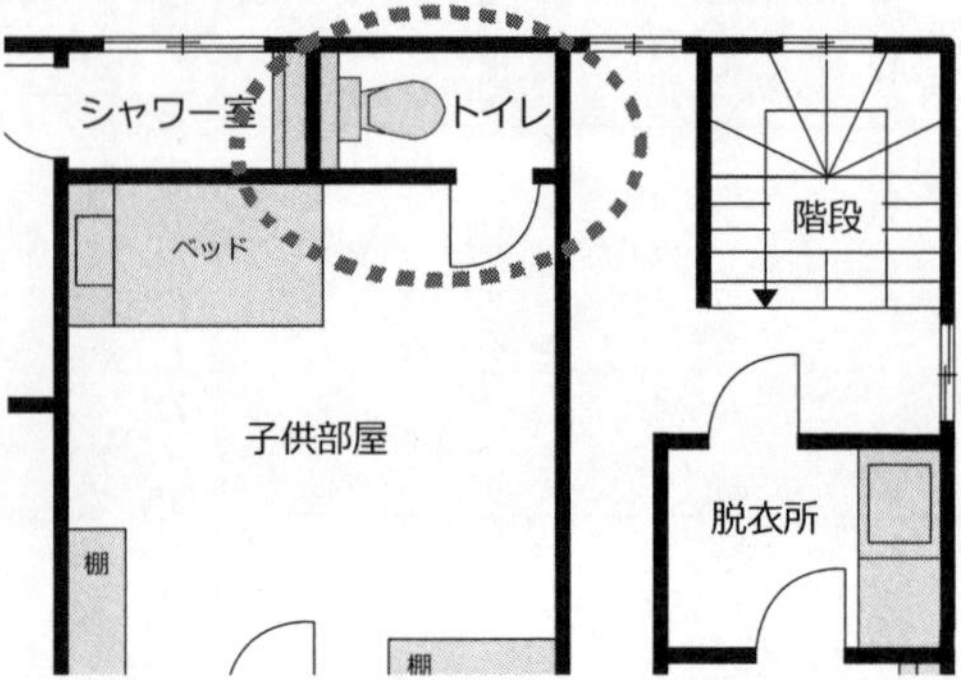

いたのかもしれません。

筆者　……虐待ですか……

栗原　その可能性はあります。さらに深読みするなら、**両親は誰にも子供を見せたくなかった**。二階の間取り全体を見てください。

なんというか、すべての部屋が子供部屋を覆い隠すように配置されているように見えませんか？　まあそもそも子供部屋には窓がないので、外から子供の姿を確認するのは不可能ですが。

両親は子供を部屋に監禁し、その存在自体を隠していた。そんな気がします。

筆者　でも、どうしてそんなことを？

栗原　分かりません。ただ、間取り図を見る

かぎり、この家族にただならぬ事情があったことは明らかです。

二つの浴室

栗原　ところで、子供部屋の隣に寝室がありますよね。

筆者　ダブルベッドが置いてある部屋ですね。夫婦の寝室でしょうか？

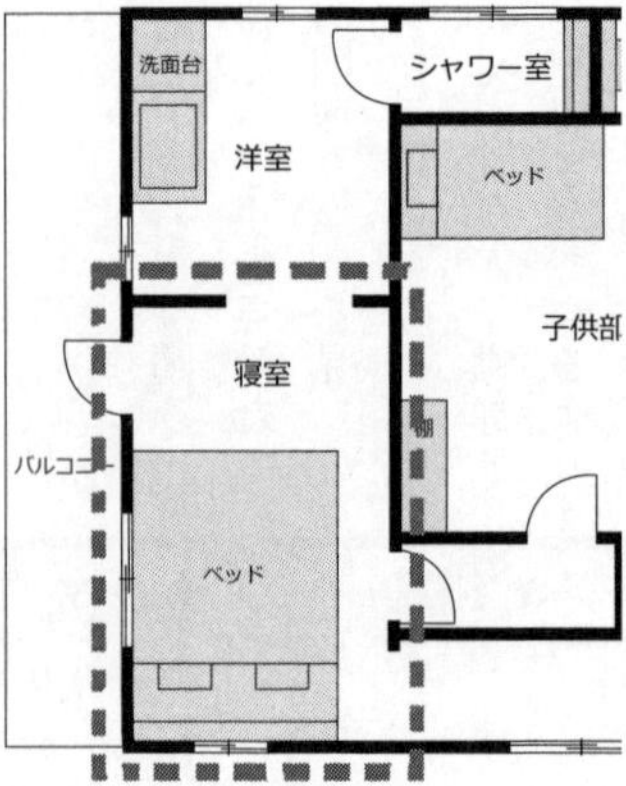

栗原　でしょうね。この部屋は子供部屋と違って開放的ですよね。窓も多いし。

――「開放的で明るい内装」という柳岡さんの言葉を思い出した。

栗原　実はこの部屋にも、少し気になるところがあるんです。図面の上のほうにシャワー室がありますよね。すると隣の洋室は、脱衣所を兼ねていると思うんですが、そうなると寝室から脱衣所が丸見えなんですよ。

筆者　そういえば部屋の境にドアがないですね。

栗原　いくら夫婦とはいえ、風呂上がりの姿は、あまり見られたくないじゃないですか。ずいぶん「仲のいい」夫婦だったんだろうなと。「仲のいい」夫婦と「閉じ込められた子供」というアンバランスさがなんか不気味で……。まあ、考えすぎかもしれませんが。

筆者　なるほど。あれ？

栗原　どうかしました？

2F

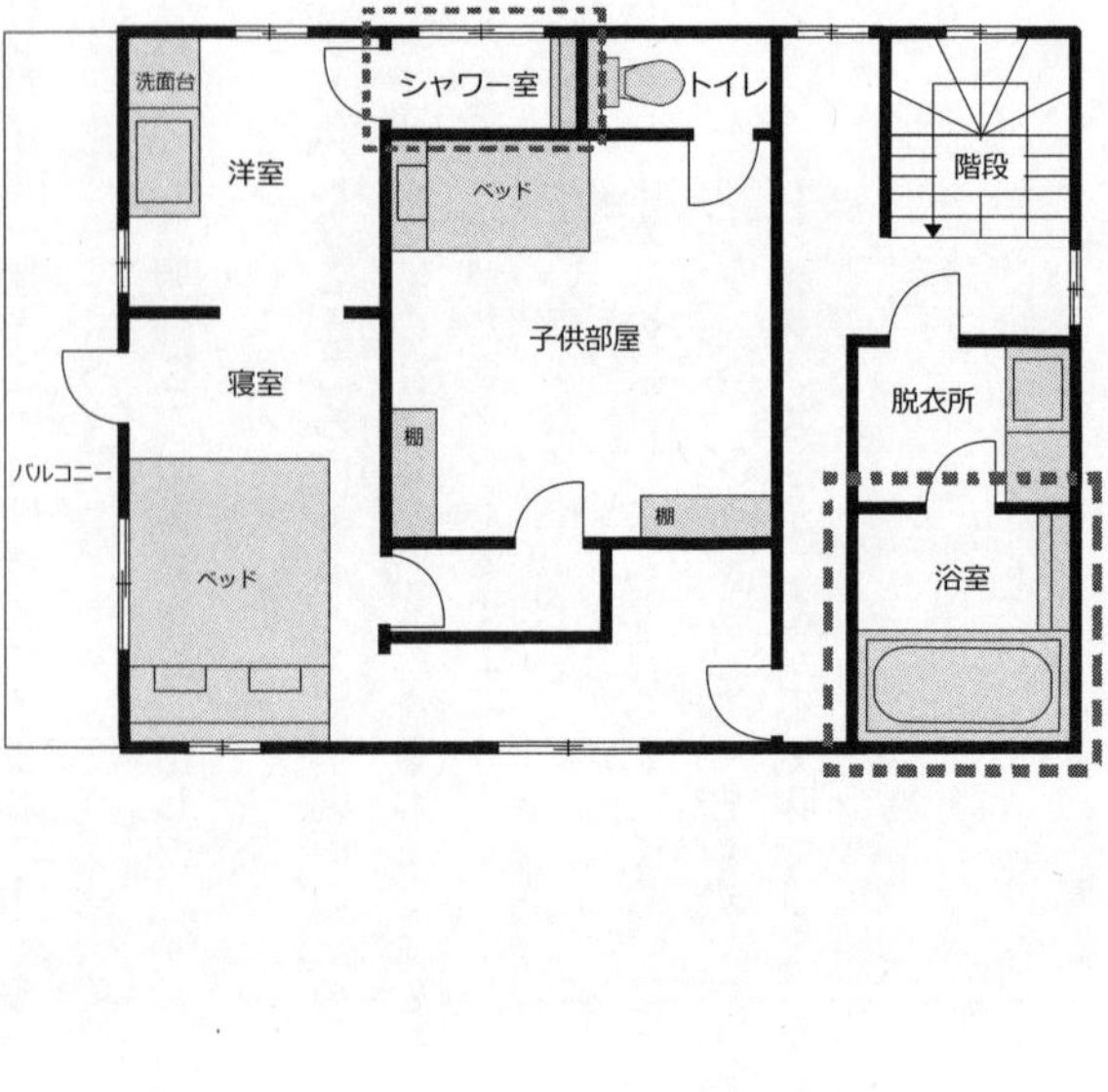

筆者　シャワー室とは別に浴室がありますね。これって珍しくないですか？

栗原　ないことはないですが、あまり見ないですね。そういえば、この浴室にも窓がないんですよ。シャワー室には大きな窓があるのに。

筆者　たしかに。

……しかし、こうして見ると不気味な家ですね。どうでしょう。この家は買わないほうがいいですか？

栗原　間取りだけではなんとも言えませんが、私だったら買わないですね。

私は栗原さんに礼を言い、電話を切った。

もう一度、間取り図を見る。想像をめぐらす。窓のない部屋に監禁された子供。ダブルベッドで悠々《ゆうゆう》と眠る両親。

一階と二階の間取り図を見比べる。一階だけなら普通の家だ。謎の空間があることをのぞけば。謎の空間。作られなかった収納スペース。本当にそうだろうか？

2F

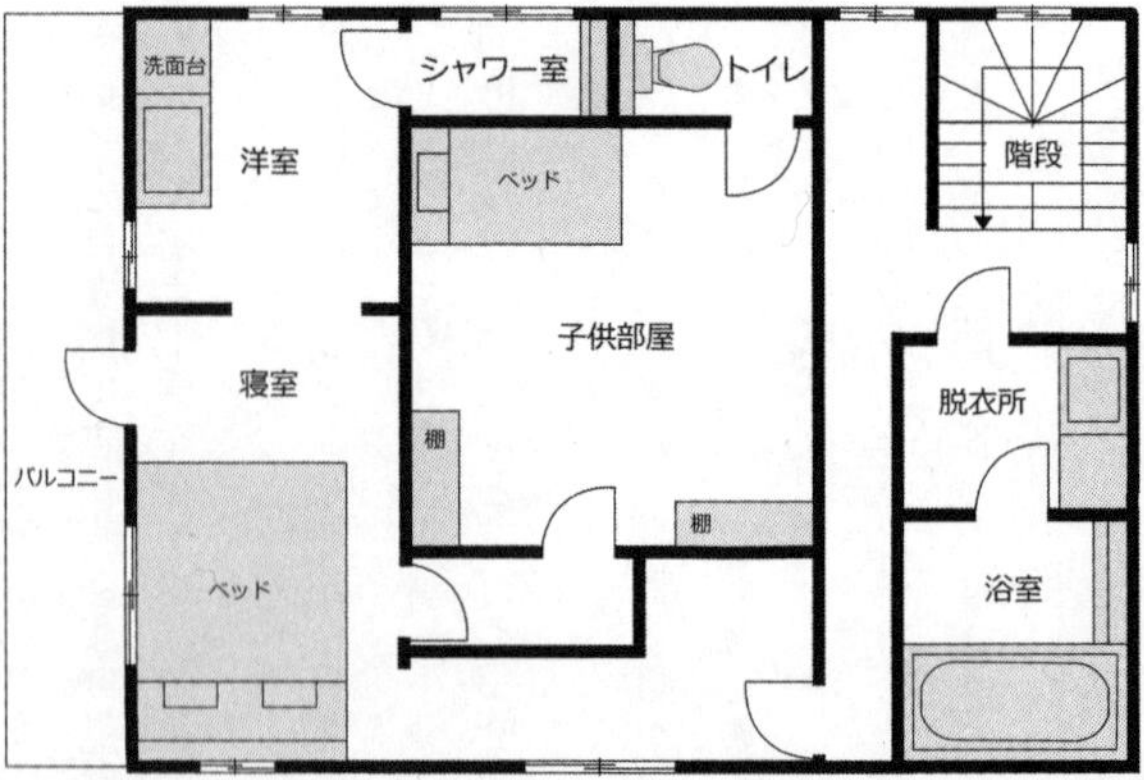
洗面台
シャワー室
トイレ
洋室
ベッド
階段
子供部屋
寝室
脱衣所
棚
棚
バルコニー
浴室
ベッド

1F

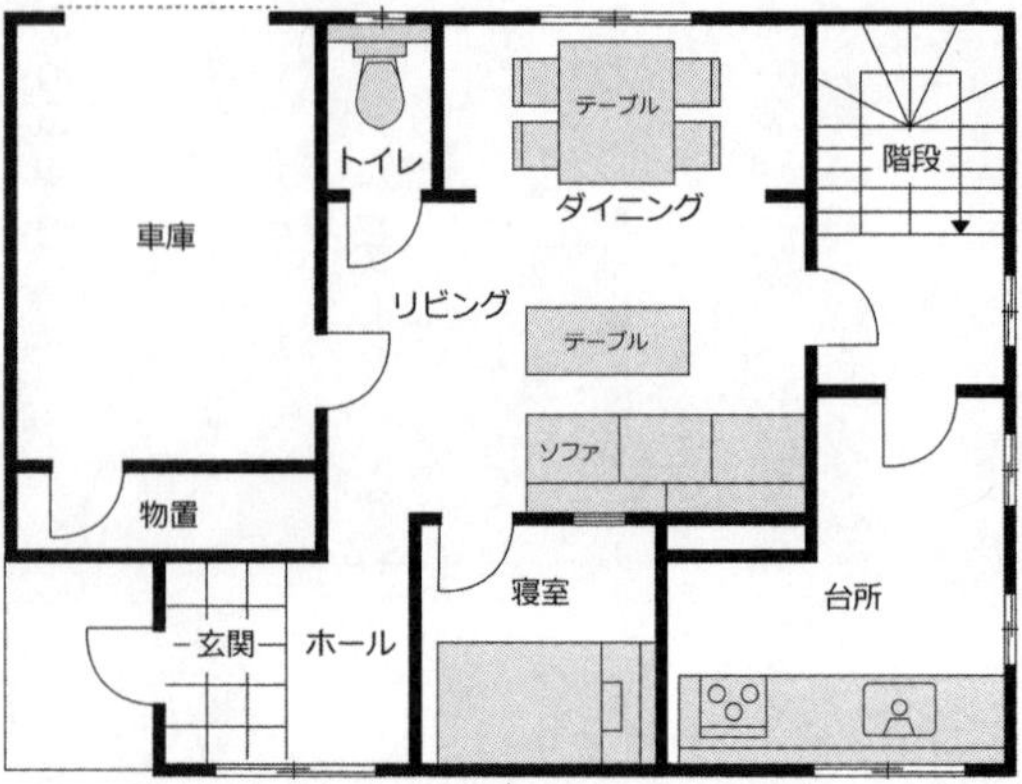
テーブル
トイレ
階段
ダイニング
車庫
リビング
テーブル
ソファ
物置
寝室
台所
玄関
ホール

そのとき、**ある憶測**が頭に浮かんだ。あまりにもばかばかしい憶測。「そんなわけがない」と思いながら、二枚の間取り図を重ねてみる。

予想に反して「それ」はあまりにもぴったりと一致した。

偶然だろうか。それとも……

謎の空間

私はふたたび栗原さんに電話をかけた。

筆者　たびたびすみません。

栗原　いえいえ、何かありました?

筆者　あの、やっぱりどうしても、一階の空間のことが気になってしまって。もしかして、二階の間取りと何か関係があるんじゃないかと思ったんです。

栗原　なるほど。

筆者　それで、一階と二階の間取り図を重ねてみたんですが……。一階の空間が、**子供部屋と浴室の角に、ぴったり重なるんですよ。**まるで二つの部屋を、橋渡ししてるみたいに。

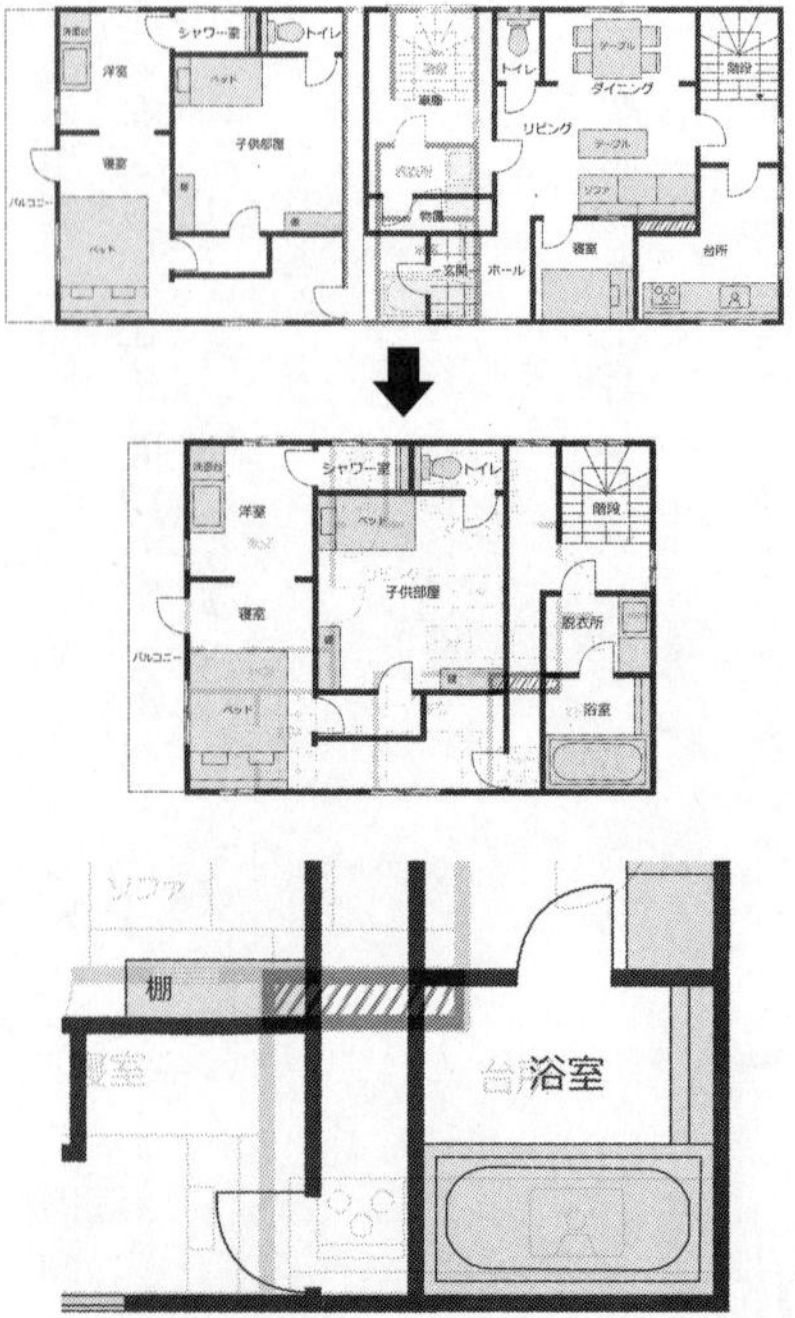

栗原　ああ、たしかに。

筆者　それで……まあ、これは素人のばかげた考えだと思うんですけど、もしかして、一階の空間って、**通路**なんじゃないでしょうか？

たとえば、子供部屋と浴室の床に、一階に繋がる抜け穴があったとします。二つの抜け穴は、一階の空間に続いている。

すると、一階の空間を通って、子供部屋と浴室を行き来できると思うんです。両親は子供の存在を隠していた。しかし、子供部屋から浴室に行くには、窓のある廊下を通らないといけない。外から見られる危険がある。だから、子供部屋から直接、浴室に通じる裏ルートを作って、子供を入浴させていた。そして子供部屋の棚は、抜け穴を隠すために置いた

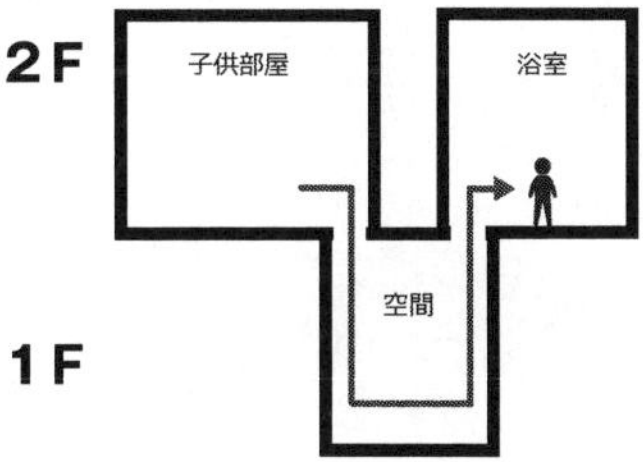

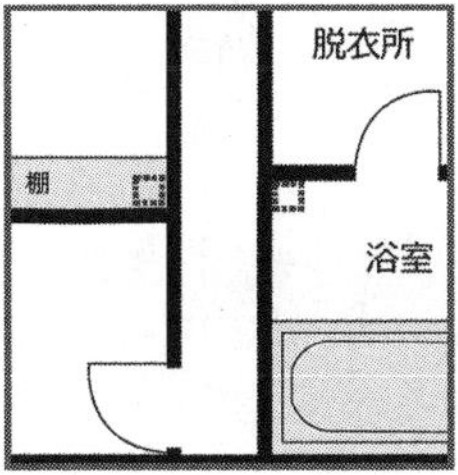

んじゃないかと……思ったんですが、どうでしょうか……？

栗原 うーん、まあ、面白い発想ではあると思いますけど。

筆者 考えすぎですか？

栗原 わざわざそこまでするかな、とは思いますね。

筆者 ……そうですよね。すみません。なんか、突然思いついてしまったもので。今の話は忘れてください。

——真剣に熱弁していた自分が、急に恥ずかしくなった。たしかに、現実離れしすぎている。話を切り上げようとしたそのとき、電話の向こうで、栗原さんが何やらつぶやくのが聞こえた。

栗原 ……通路……いや、待てよ。もしそうだとするとこの部屋は……

筆者 どうかしました？

栗原 いえ、今の話を聞いて、思い浮かんだことがありまして……。ところで、前の住人は夫・妻・子供の三人家族だったんですよね？

筆者　はい。

栗原　すると、ベッドの数が一つ多いですよね。夫婦は二階の寝室で寝る。子供は子供部屋で寝る。では、一階にある寝室は、誰のものなんでしょうか。

1F

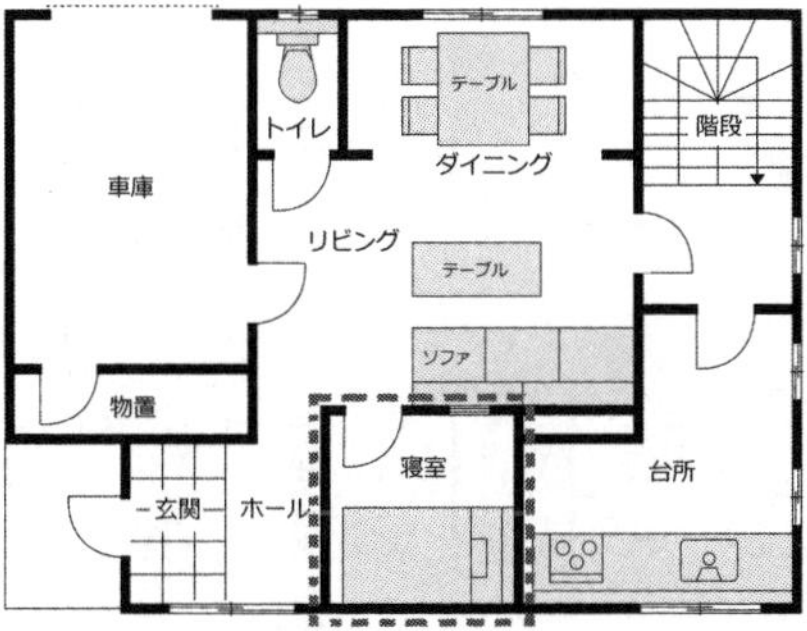

筆者　うーん、家に来たお客さんを泊めるための部屋、とか？

栗原　まあ、そんなところでしょう。誰かは分かりませんが、この家にはたびたび来客があった。来客、窓のない子供部屋、二つの浴室、そこにさっきの「通路」の話を合わせると、**一つのストーリー**が見えてくるんです。

まあ、それこそばかげた考えだと思うんですけど、私の妄想だと思って聞いてください。

2F

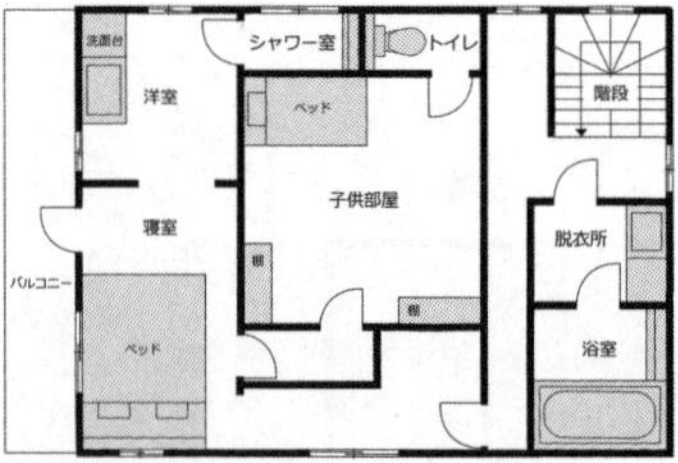

1F

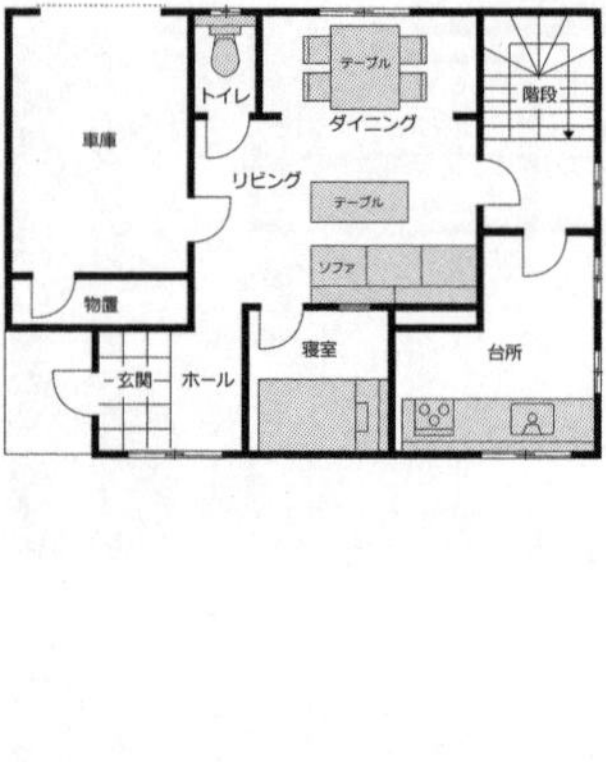

妄想

栗原　かつてこの家に住んでいたのは、夫婦と一人の子供。子供は**ある目的**のために、子供部屋に閉じ込められていた。夫婦はたびたび家に客を招く。リビングで雑談をし、ダイニングで夕食をふるまう。夫が客に酒を勧める。客は上機嫌で飲む。すっかり酔っ払った客に妻はこう言う。

「今晩は、泊まっていかれたらどうですか？　そこにベッドルームがありますし」

「お風呂も沸《わ》いてますから、どうぞ」

客は二階の、窓のない浴室に案内される。

客が風呂に入ったことを確認すると、妻は子供部屋に合図を送る。子供は**あるもの**を持って、床の抜け穴から、一階の通路を通り、風呂場に侵入する。そして……

刃物を客の背中に突き立てる。

筆者 え⁉ どうしていきなりそんな話に……？

栗原 まあまあ、これはあくまで私の妄想ですから。
裸で丸腰、酔いが回って朦朧《もうろう》とした客は、なんのことか分からず、抵抗もできない。子供は何度も何度も、客の背中に刃物を刺す。大量の血が流れる。やがて客は、何も理解できないまま、床に倒れ、息絶える。
つまりこの家は、**殺人のために作られた家**ということです。

筆者 まさか……冗談ですよね？

栗原 ええ、ほとんど冗談です。しかし、ないとも言い切れません。
ネットで「怪事件」と検索したことありますか？ と思うような、むごたらしく、不可解な事件の記録が山ほど出てきます。世の中には、我々の想像を超えたいびつな犯罪が、いくつも存在する。
たとえばですよ。家を改造し、子供を利用して、自分たちの手を汚さず殺人を行う、そんな夫婦がいたとしても……ありえない話じゃないと思うんですよ。

筆者 いや……でも……。仮にそうだとして、何の目的で？

栗原　そうですね。一人の人間を殺すために、ここまでの仕掛けをするとは思えない。おそらく日常的に殺人を繰り返していた。だとすると、単なる怨恨《えんこん》殺人ではないでしょう。もしかしたら、「依頼」を請け負っていたのかもしれません。

筆者　依頼？

栗原　ネット上には「殺人代行」を謳《うた》うサイトが多数存在します。「闇サイト」として、以前社会問題になりましたよね。その大半は実体のない詐欺だそうですが、中には本当に殺人を請け負うものがあるといいます。彼らは、安くて二〇～三〇万程度で殺人依頼を請け負うそうです。言ってしまえばアマチュアの殺し屋ですが、時代が進むにつれて、その手口は多様化・巧妙化しているらしい。

筆者　つまり、この家は殺人代行業者の仕事場だった……と？

栗原　そういう考え方もできる、という話です。まあ、単なる妄想ですけどね。

――子供を使って殺人を行う殺し屋夫婦。妄想だとしても突飛すぎる。

栗原　ついでに、もう一つ妄想してみましょう。さっき「棚は、抜け穴を隠すために

2F

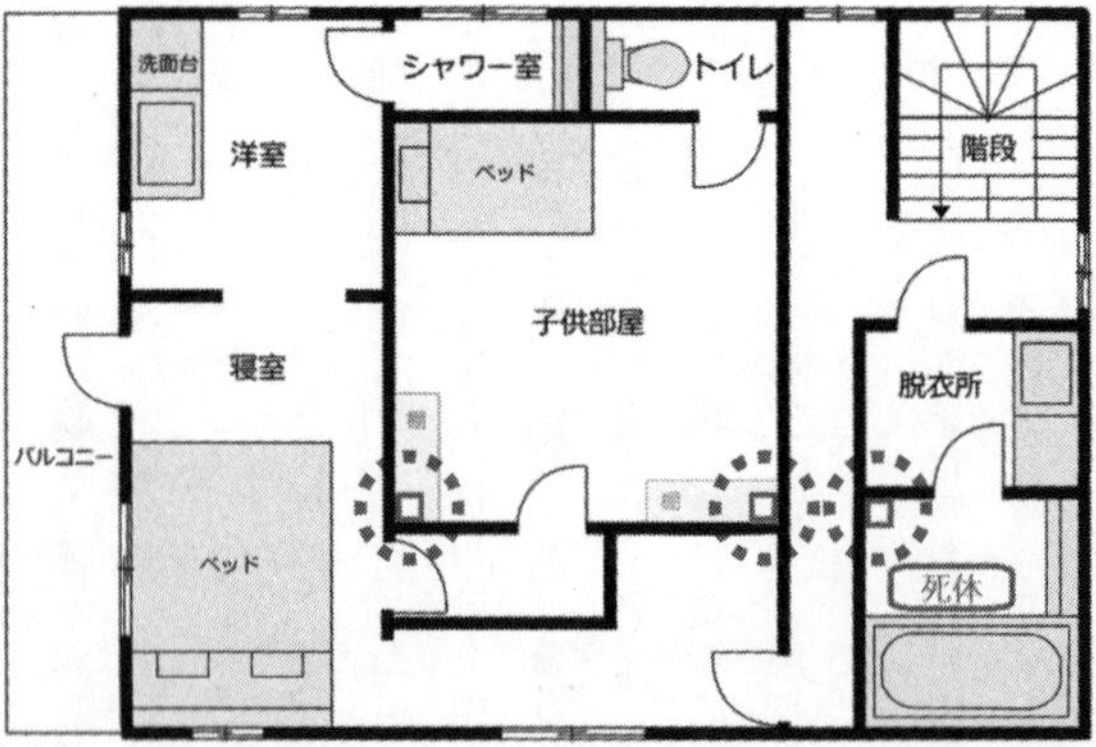
洗面台
洋室
シャワー室
トイレ
階段
ベッド
子供部屋
寝室
脱衣所
バルコニー
ベッド
死体

1F

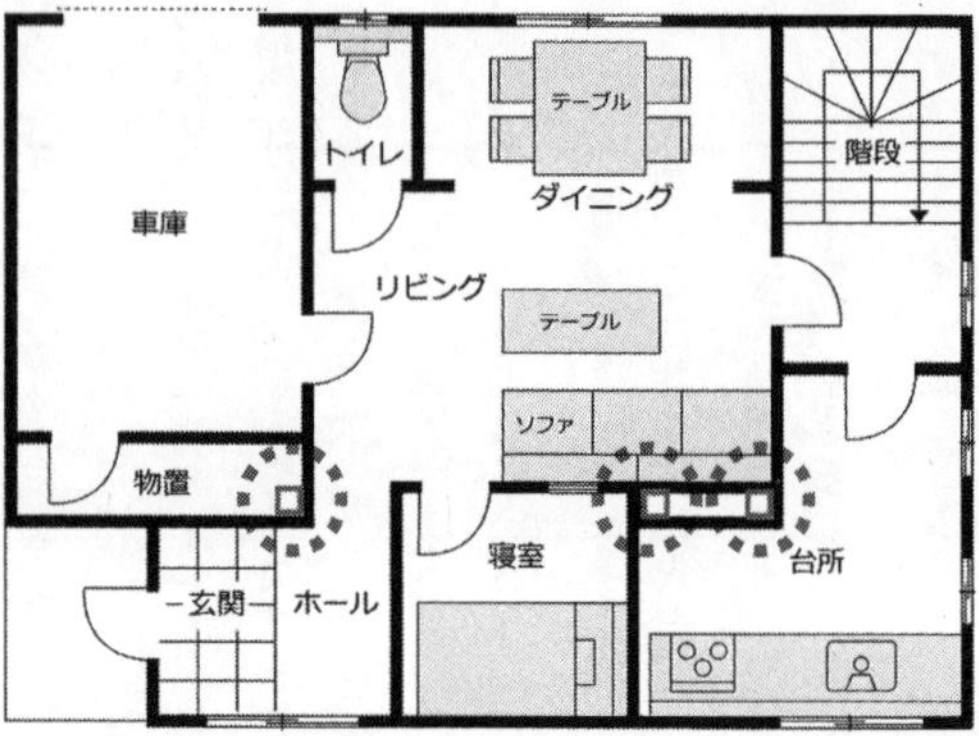
テーブル
トイレ
階段
ダイニング
車庫
リビング
テーブル
ソファ
物置
寝室
台所
玄関
ホール

置いた」っていう話が出ましたが、子供部屋にはもう一つ棚がありますよね。するとこの棚の下にも、抜け穴があると考えられませんか？

筆者 まあ……

栗原 その場合、抜け穴の先はどこになるでしょう。

筆者 えーと……物置です。

栗原 物置ですね。それならこの家には、**死体処理のためのルート**も、存在していると言えますね。

筆者 どういうことですか？

栗原 さっきの話に戻ります。

無事、殺人を終えた夫婦。しかし、死体を風呂場に置いておくわけにはいかない。誰にも見られずに処理する必要がある。そこで、ふたたび抜け穴を使うんです。抜け穴を通して死体を運ぶ。でも穴が小さすぎて、大人の体は入らない。そこで夫婦は、ノコギリか何かで死体を細かく切断する。ちょうど抜け穴に入るくらいの、そして**子供が運べるくらいの大きさに。**

筆者 え!?

栗原　夫婦は、バラバラにした死体を、浴室の抜け穴に投げ込む。子供はそれを一つずつ、何時間もかけて、自分の部屋に運び、そしてもう一つの抜け穴に落としていく。こうして死体は、浴室から物置に輸送されるわけです。物置の隣は車庫。死体は車のままトランクに詰め込まれる。夫婦はそのまま、近くの山か林に捨てに行く。

——駅から近いわりに近隣に自然が多い、というのがこの家の売りだった。

栗原　この一連の出来事は、すべて窓がない部屋で行われることになります。つま

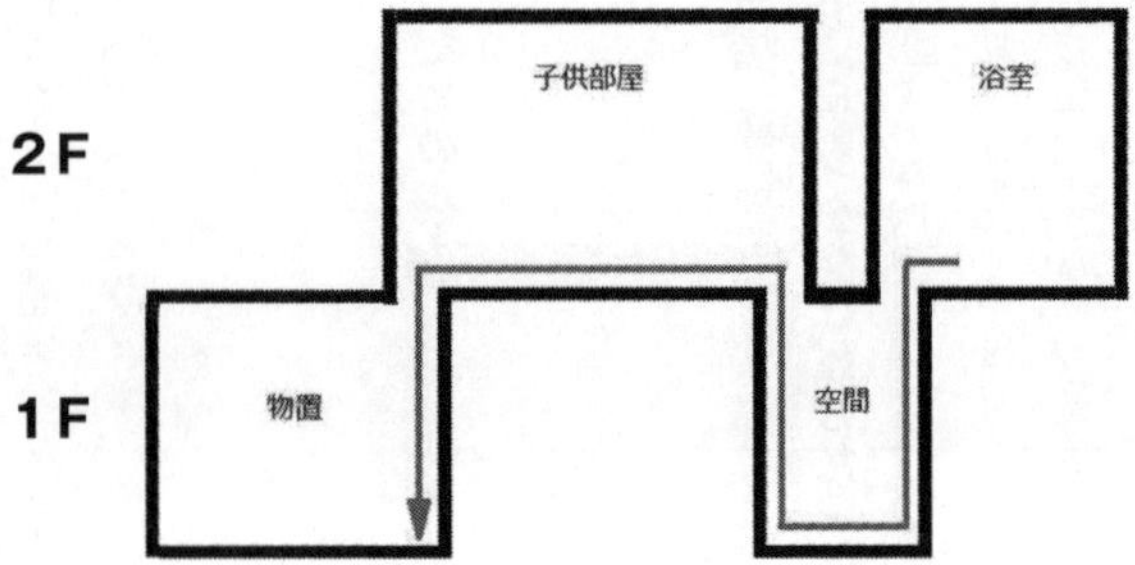

り、外から一切見られることなく、殺人が遂行されるわけです。昼でも夜でも、年中いつだって人を殺せる。どう思いますか？

——栗原さんの独壇場《どくだんじょう》で、ほとんど何も言えずにいたが、ここでずっと感じていた疑問を、ぶつけてみることにした。

筆者　あの、仮に今までの話が全部本当だったとして……どうしてここまで凝った仕掛けをする必要があるんでしょうか？　外から見られずに人を殺したいなら、家中のカーテンを閉めればいいだけなのでは？

栗原　そこなんです。普通、人は家で見られたくないことをするとき、カーテンを閉める。殺人ともなればなおさらです。逆に、**カーテンを開け放した家の中で、殺人が行われている、とは誰も思わない。**

筆者　いわゆる、心理トリックですか？

栗原　ええ。間取り図を見てください。この家はやけに窓が多いんです。数えたところ、全部で一六箇所。まるで外から「見てください」と言わんばかりです。それは、**決して見られてはいけない部屋**を、隠すためのカモフラージュだと思うんですよね。

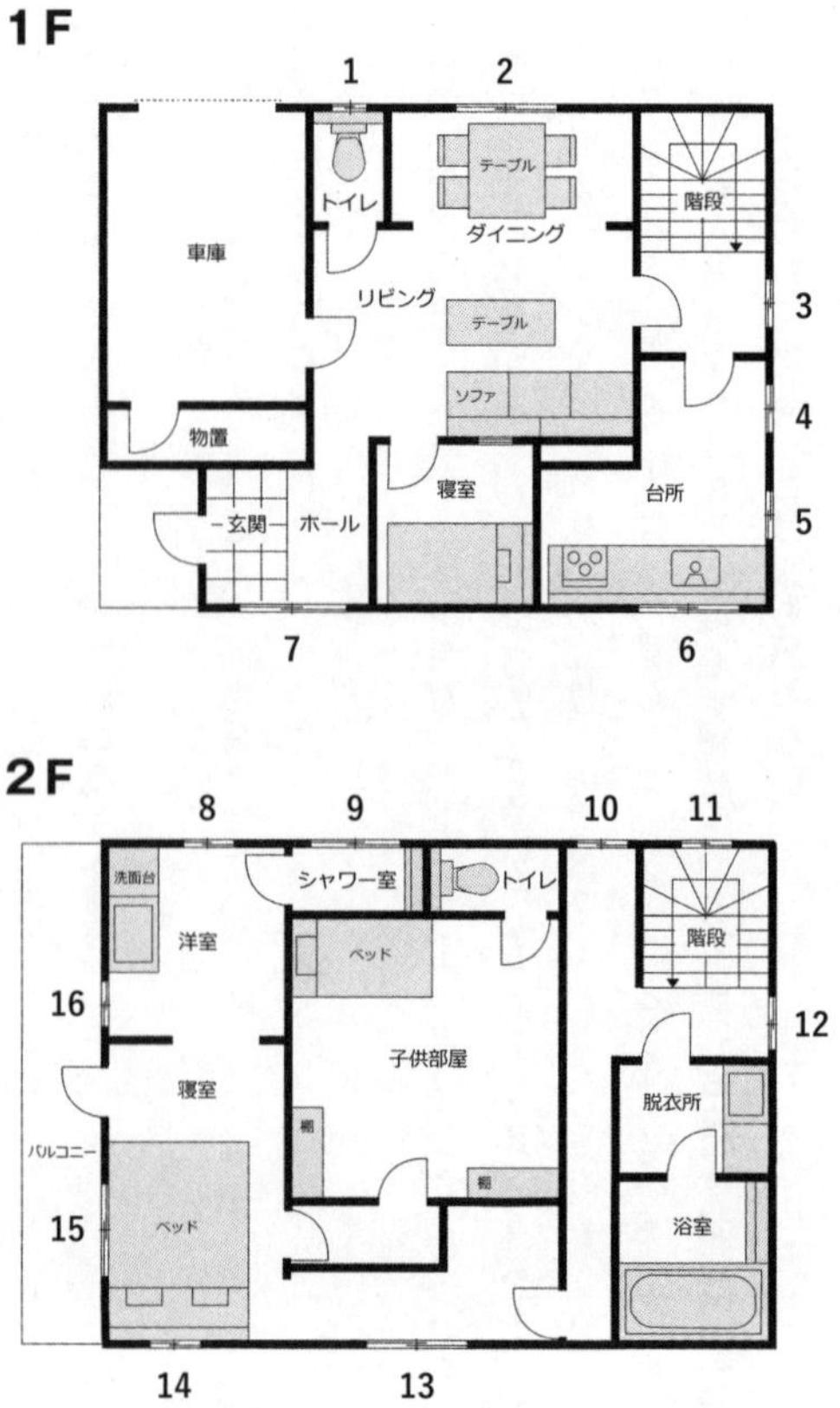

筆者　うーん……

栗原　まあ、あくまで憶測ですから。本気にしないでくださいね。

栗原さんとの電話を終え、私はしばらくぼんやりしていた。

もし仮に、栗原さんの話が本当だったらどうする？　警察に届け出るか？　まさか。まともに取り合ってもらえるわけがない。

そもそも「殺し屋一家が作った殺人屋敷」だなんて現実離れした話、信じるほうがどうかしている。栗原さんは最初から、私をからかうつもりだったのかもしれない。

ところで、私にはもう一つ仕事がある。相談主である柳岡さんに、今聞いた話を伝えなければならない。「殺人屋敷」の件は別として、子供部屋のことは知らせておくべきだろう。

事実

筆者　もしもし、ご無沙汰してます。
柳岡　ああ、どうも！　この前は面倒なこと頼んじゃって、すみませんでした！
筆者　いえいえ。今日はその件でお電話しました。ついさっきまで、設計士の栗原さんと話してたんですよ。それで……何から話せばいいのか……
柳岡　あー、実はですねー。それについて、謝らなきゃいけないことがありまして。……あの家、結局買うのやめたんですよ。
筆者　え！　どうして？
柳岡　もうご存じだと思いますけど、あんなことがあったらねえ。
筆者　あんなことって？
柳岡　あれ？　今朝のニュース見てないですか？　なんか、あの家の近くの雑木林で、バラバラ死体が見つかったらしくて。
筆者　え……？
柳岡　なんとなく縁起が悪いじゃないですか。それで今日、断ってきたんです。

筆者　そう……ですか。

柳岡　でも正直、惜しい気持ちはあるんですよ。あの家、結構気に入ってたんですよね。新築も同然だし。

筆者　そういえば、築何年なんでしたっけ？

柳岡　たしか、去年の春頃に建てられたって聞いたんで、一年ちょいですね。

——新築の一軒家をたったの一年で手放したということだ。あまりにも短すぎる。

筆者　あの、ちなみになんですが、あの家の前の住人って今どこに住んでいるか分かりますか？

柳岡　いやあ、ちょっと分からないですね。たぶん個人情報とかで、不動産屋も教えてくれないんじゃないかな？

筆者　ですよね。

柳岡　本当、余計な手間かけさせちゃって、すみませんでした！　今度、飯おごりますんで！

電話を切ったあと、スマホでニュースサイトを開いた。
「東京都で遺体発見」という見出しが出ている。

8日、東京都○○区の雑木林で、男性の遺体が発見された。警視庁○○署は、死因と身元の解明を進めている。
なお、同署によると、遺体は、頭部、手足、胴体などに分けて切断され、すべて同じ場所に埋められていたが、**左手首だけが見つかっていない**という――

「左手首だけが見つかっていない」……どういうことだ。

それに「同じ場所に埋められていた」というのも気になる。バラバラ死体は、多くの場合、複数の場所に分けて隠される。それによって発見・捜査が遅れ、犯人は時間を稼ぐことができるからだ。しかし、同じ場所に埋められていたということは、犯人の目的は別にある、と考えられる。

抜け穴に通しやすくするため？

いや、そんなわけない。あれはただの空想だ。

自分に言い聞かせて、ニュースサイトを閉じた。柳岡さんが買うのをやめた以上、もうあの家は私になんの関係もない。忘れよう。パソコンを開いて、締切の近い原稿に取りかかる。しかし、なかなか集中できない。

窓のない子供部屋、栗原さんの仮説、実際に起きた事件。

あの家は、いったい……

記事

それから一週間が経っても、私はあの家のことを忘れられずにいた。仕事をしていても、食事をしていても、頭の片隅にあの間取り図があった。一日に何回もニュースサイトを開き、例のバラバラ事件に進展がないかチェックしていた。

そんなあるとき、お世話になっている編集者に、この話をしてみた。すると「その家を題材に、記事を書いたら？　読んだ人から情報が集まるかもしれないよ」と提案された。

正直、迷った。実在する家について、根拠のない憶測を書くのは気が引ける。

しかし同時に、あの家についてもっと知りたい、という好奇心があるのも事実だった。

結局、具体的な地名や家の外観は伏せ、読者が家を特定できないようにした上で、記事を発表することを決めた。「情報を集める」という目的は果たせないかもしれない。しかし、何かしらの新しい知見を得られるかもしれない、そんな期待を抱いていた。

まさか、この記事がきっかけで、あのような恐ろしい事実を知ることになるとは、このとき想像もしていなかった。

第二章　いびつな間取り図

一通のメール

記事を公開したあと、読者からいくつかメールが届いた。記事の感想を伝えるものがほとんどだったが、その中に一つ、気になるものがあった。

突然のご連絡、失礼いたします。私は宮江《みやえ》柚希《ゆずき》と申します。
先日、公開された記事を拝見しました。
あの家について、心当たりがあります。
もし、ご迷惑でなければ、返信をいただけると幸いです。よろしくお願いいたします。

宮江柚希

電話番号○○○-○○○○-○○○○

どきりとした。繰り返すが、記事では地名や家の外観は伏せた。仮に、近所に住む人が読んでも、家を特定することはできないだろう。すると、**あの間取りに心当たりがある**ということだろうか。

いたずらかとも思ったが、それにしては名前と電話番号まで書き添えてあり、丁寧すぎる。とにかく、このままでは気持ちが落ち着かない。ひとまず、送り主と連絡を取ることにした。

数回、メールのやりとりをした結果、以下のことが分かった。

・送り主の宮江柚希さんは、埼玉県在住の会社員。
・宮江さんは、あの家に関して、あることを知っている。
・それを私に伝えたいが、込み入った話なので、会って話したいと考えている。

正直、直接会うことに不安は感じた。メールだけでは、宮江さんがどんな人物なのか判断できない。もし仮に、あの家の関係者だったら……？

しかし、ここで尻込みをしては、あの家の謎は解けない。

これはチャンスだ。私は覚悟を決め、宮江さんと会う約束をした。

＊＊＊

翌週の土曜日、待ち合わせ場所に向かう。都内の繁華街にある喫茶店だ。昼過ぎということもあり、店内はすいていた。宮江さんは、まだ来ていない。

私はコーヒーを頼んで待った。緊張で手が汗ばんでくる。

しばらくすると、一人の女性が入ってきた。黒いショートヘアにベージュのYシャツ、年齢は二〇代半ばあたりだろうか。手には大きめのハンドバッグを持っている。事前に特徴を聞いていたので、彼女が宮江さんであることはすぐに分かった。

手をあげて合図を送ると、彼女も私に気づいたようだった。

宮江　今日は、およびだてしてしまって申し訳ありません。ご迷惑でしたよね。

筆者　いえ、宮江さんこそわざわざ遠い所から、ありがとうございます。何か頼まれますか？

宮江さんは、アイスコーヒーを注文した。私はひとまず、彼女が（少なくとも表面的には）普通の人であることに安心した。それからしばらく、他愛のない雑談をした。宮江さんは現在、埼玉県のマンションで一人暮らしをしながら、事務員をしているという。

アイスコーヒーが来たところで、私は本題を切り出した。

筆者　ところで、メールに書いてあった「あの家について、心当たりがある」というのは、どういうことでしょうか？

宮江　はい。実は……

――彼女は少しうつむいて、あたりを気にするように、小さな声で言った。

宮江　私の主人が……**あの家の住人に殺されたかもしれないんです。**

第二の家

――予想もしない言葉だった。宮江さんは「順を追ってお話しします」と言って詳しい経緯を話しはじめた。

宮江　私の主人、宮江恭一《きょういち》は三年前の九月、「知り合いの家に行ってくる」と言って家を出てから、行方不明になりました。行き先を聞いておけばよかったのですが、誰の家に行ったのか分からず、目撃情報もなく、結局見つからないまま、捜索は打ち切りになりました。
ところが数ヵ月前、埼玉県内の山中で、遺体が発見されたんです。ＤＮＡ鑑定の結果、主人のものであることが分かりました。その遺体には、おかしな点がありまして……実は、**左手がなかったんです。**

筆者 え⁉

――先日の事件も、被害者の左手首だけが見つかっていない。

宮江 警察によると、刃物のようなもので切断された可能性が高い、とのことでした。ただ、分かったのはそれだけで、犯人に繋がる手がかりは何もなかったそうです。主人に何があったのか、誰に殺されたのか、どうして左手を切られなければいけなかったのか。私はどうしても真相が知りたくて、新聞やインターネットで、事件に関係がありそうな情報を集めていました。そんなとき、偶然、あの記事を読んだんです。

「被害者の左手首だけが見つかっていない」……主人の遺体と同じです。そして「来客の殺害」という点。もしかしたら、主人が行った「知り合いの家」とは、あの家だったんじゃないか。そう感じました。

もちろん、これだけで二つの事件を結びつけるなんて、強引だということは分かっています。でも、どうしても無関係とは思えなくて……

筆者　なるほど。たしかに共通点はありますね。ただ、あの家が建てられたのは、去年の春頃なんです。ご主人が行方不明になられたのは、三年前ですよね。つまり……

宮江　主人がいなくなったとき、**あの家はまだ存在していなかった**、ということになりますね。

筆者　はい。

宮江　実はそれに関して、見ていただきたいものがあるんです。

――宮江さんは、ハンドバッグを開けると、クリアファイルを取り出した。その中から一枚の紙を抜き、テーブルの上に置いた。そこには、間取り図が印刷されていた。

筆者　この間取り図は？

宮江　あの家の住人が、かつて住んでいた可能性のある家です。

筆者　かつて住んでいた？

宮江　東京の家が建てられたのは去年。ではそれ以前、住人はどこに住んでいたのだろうと考えました。あの記事の内容が事実なら、そこでも同じように子供を利用して人を殺していたかもしれない。だとしたら、前の家にも「窓のない子供部屋」や「殺人現場に繋がる通路」があったのではないかと思ったんです。そして、もしその家が売りに出されていたとしたら、どこかに不動産情報が……間取り図が掲載されているはずです。私は、不動産会社のホームページをしらみつぶしに調べて、あの家と間取りが似ている家を探し出そうと決めました。

筆者　探し出すって言っても、不動産情報なんて、無数にありますよね。

宮江　手がかりはありました。おそらくその家は、埼玉県内にあるだろうと目星がついていたんです。

筆者　どういうことですか？

宮江　主人が行方不明になったあと、部屋を片付けていたら、机の中から長財布が出てきました。主人は生前、二つの財布を使い分けていたんです。

一つは、万札とクレジットカードの入った長財布。これは遠出をするときや、大きな買い物をするときだけに使っていました。もう一つは、普段使いの小さな財布で、定期券と少額のお金を入れていました。

長財布を置いていったということは、主人が行った家は、そう遠くない場所にあるはずです。

少なくとも、県外には出ていないと思いました。過去三年間で、埼玉県内……特に、私たちが住んでいた家の近くで、売りに出された物件を集中的に調べました。

——宮江さんはテーブルの上に視線を落とす。

筆者　これが……その間取り図、ということですか……？

宮江　はい。家から、徒歩二〇分ほどの場所にありました。

——私はいまいち腑に落ちなかった。そんなに都合よく見つかるものだろうか。半信半疑で、間取り図を手に取る。
ずいぶんいびつな形だ。
玄関、トイレ、リビング、その隣にある三角形の部屋。何の部屋だろう。
二階の間取りを見る。そのとき、背筋に冷たいものが走った。
窓のない子供部屋。備え付けのトイレ。あの家と同じだ。

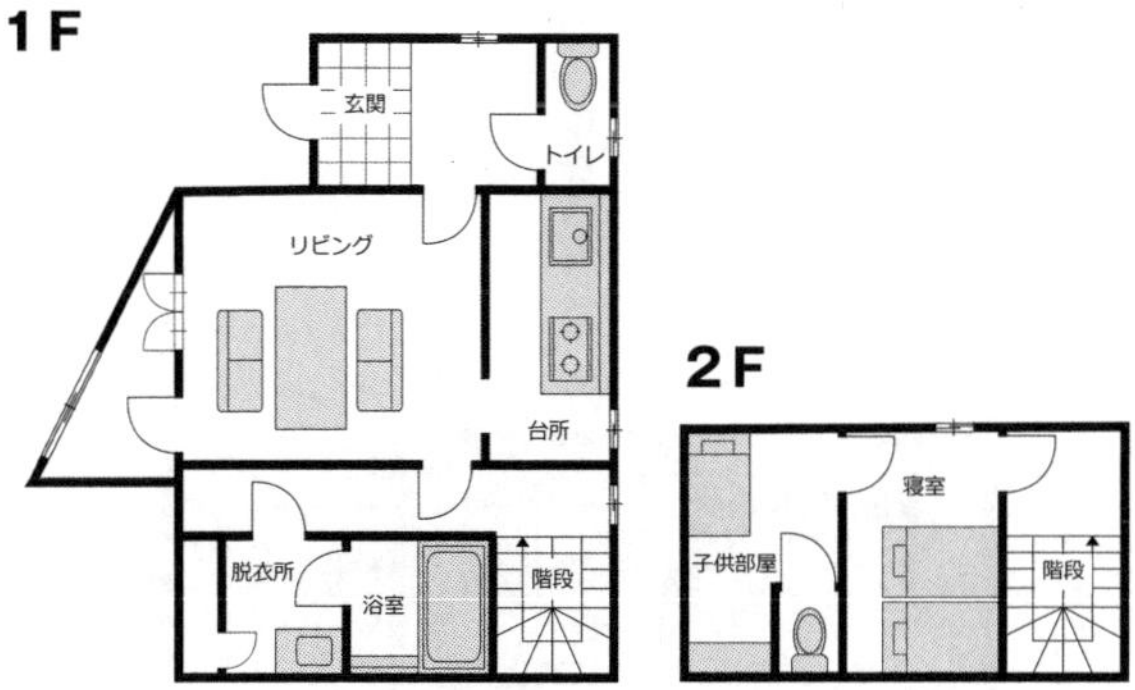

筆者　たしかに……似てますね。子供部屋。

宮江　それだけではありません。一階の浴室を見てください。

筆者　あ……窓がない。

宮江　はい。それに、脱衣所の左隣にある小さな部屋。なんとなく、東京の家の「謎の空間」に似ていませんか？　この部屋、ちょうど子供部屋の下に、位置しているんです。

筆者　ということは、もしも子供部屋の床に空間に通じる抜け穴があったら。

宮江　子供部屋と脱衣所を繋ぐ通路になります。この部屋、脱衣所側に小さな扉が付いていますよね。

——子供は、抜け穴からこの空間に下り、息を潜める。来客が風呂に入る。頃合いを見計らい、脱衣所を通って、浴室に侵入し、入浴中の来客を殺害する。少し勝手は違うが、子

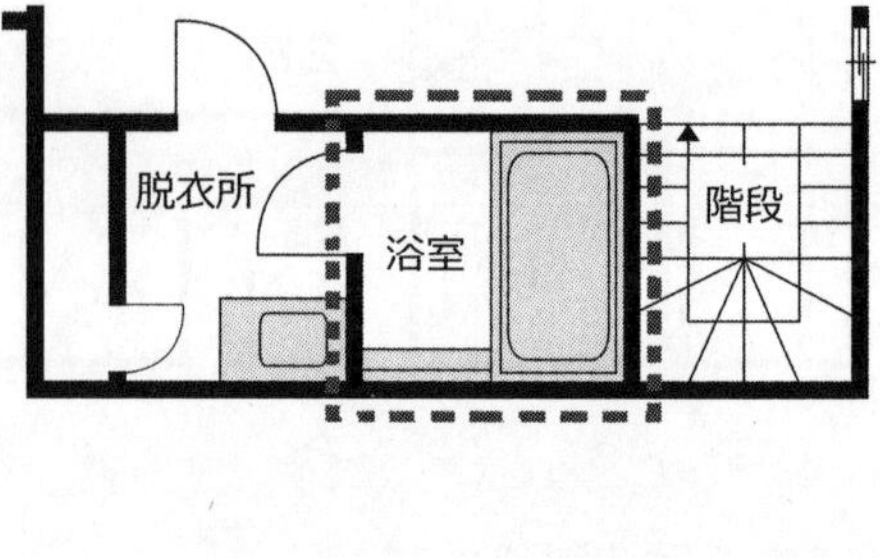

供部屋から浴室に繋がるルート、という点では東京の家と同じだ。あくまで、栗原さんの説が正しければの話だが……

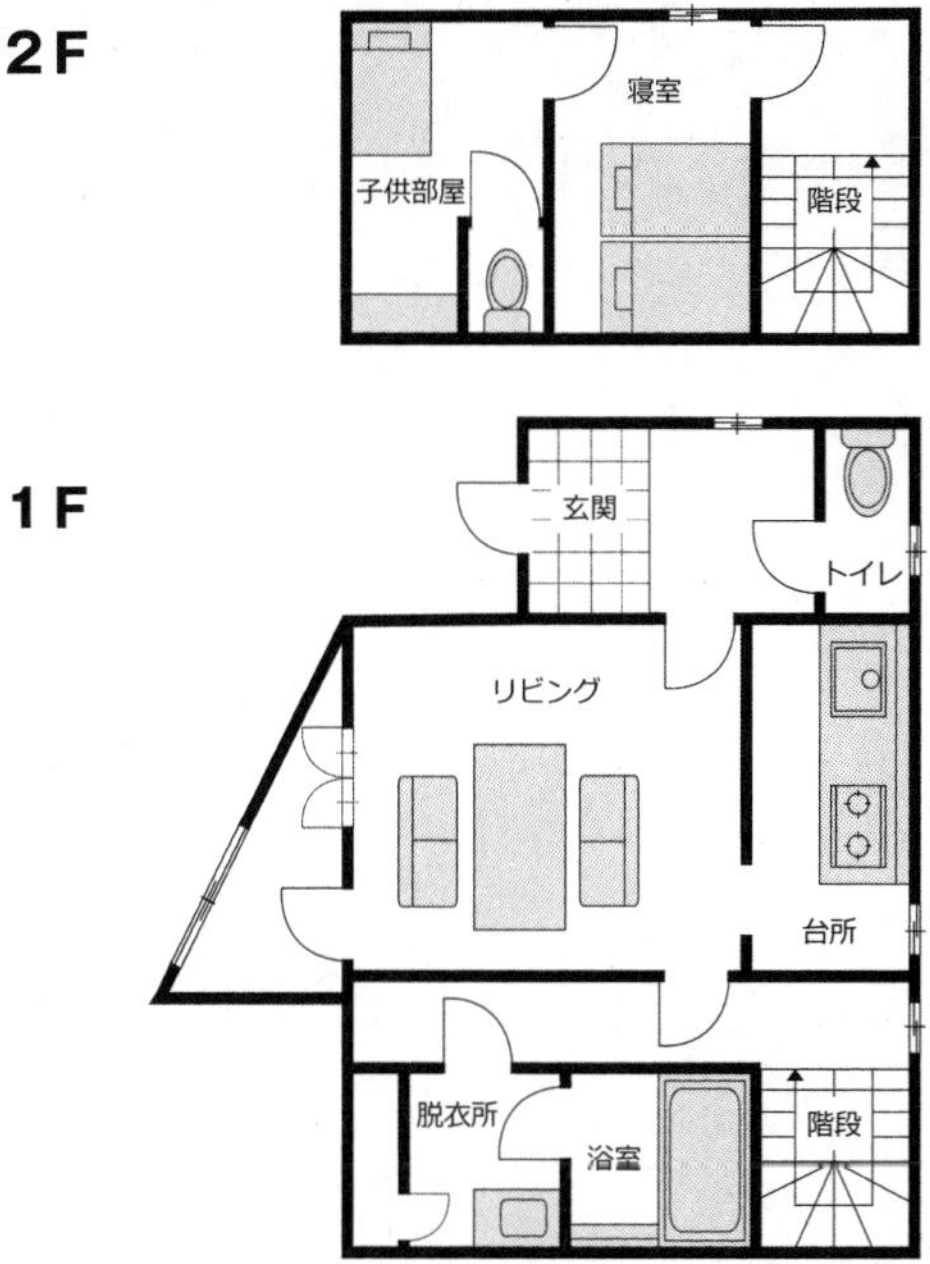

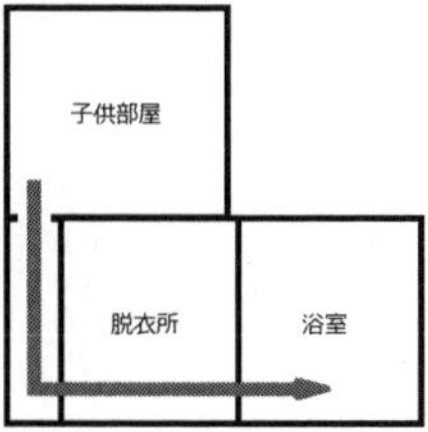

宮江　どう思いますか……？

筆者　正直、間取り図を見るまでは「まさか」と思っていたんですが、ここまで共通点があると、何か関係がありそうな気がしてきますね。

――偶然とは思えない。しかし、この家に本当に、例の家族が住んでいたのだろうか。

筆者　ちなみに、この家が売りに出されたのは、いつ頃なんでしょうか。

宮江　二〇一八年の三月です。

筆者　去年の春ですか。ちょうど、東京の家が建てられた時期と一致しますね。それで、まだ売り出し中なんですか？

宮江　実は……もうないそうです。この家。

筆者　ない、というのは？

宮江　情報サイトに「掲載終了」と書かれていて、買い手がついたのかと思ったんですが、不動産屋に問い合わせたところ、数ヵ月前に火事で全焼してしまったそうです。

筆者　全焼……ですか。

宮江　先日、住所を調べて行ってみたんですが、すでに更地になっていました。家が残っていれば、いろいろと調べようがあったんですが。この部屋とか、気になるんですよね。何の部屋だったんだろう。

——宮江さんは、三角形の部屋を指さした。

宮江　この家には、まだまだ分からないことがあります。でも、もっと情報を集めれば、この家のことがもっと分かれば、主人を殺した犯人に繋がるんじゃないか、そんな気がするんです。まあ、何の確証もありませんが……

筆者　なるほど、分かりました。一度、この間取り図を、設計士の栗原さんに見せて、

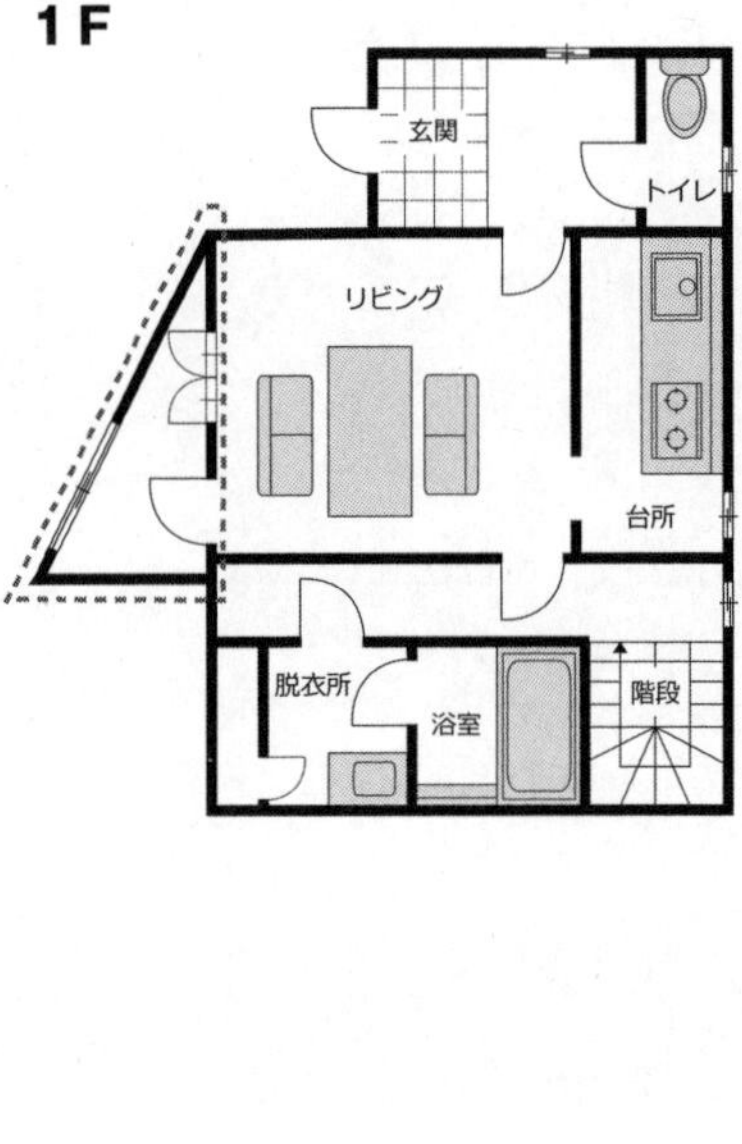

意見をうかがってみます。これ、コピーさせていただいてもいいですか？

宮江　このままお渡しします。あと、参考になるか分かりませんが、一応これも。情報サイトの、この家のページを印刷したものです。

筆者　ありがとうございます。お預かりします。

宮江　本当に、お手間を取らせてしまい、申し訳ありませんでした。栗原さんにもよろしくお伝えください。

私たちは喫茶店を出た。強い日差しが照りつけ、途端に汗がにじむ。

筆者　あの……大変失礼ですが、ご主人は生前、誰かとトラブルになったりとか、ありませんでしたか？

宮江　いえ、私が知るかぎり何も。真面目な人でしたから、誰かに殺意を抱かれるなんてことは……ちょっと考えられません。

筆者　そうですか……。犯人、早く捕まるといいですね。

宮江　はい。……本当のことを、話してほしいです。

駅で宮江さんと別れ、帰りの電車に乗り込んだ。シートに腰掛け、預かった資料を眺める。

「〇〇不動産 住宅情報サイト」……住所、建物と庭の面積、駅からの距離などが書かれている。**築年数三年（二〇一六年）**という文字が目に留まる。この家が売りに出されたのは二〇一八年。たったの二年で手放したということだ。そういえば、東京の家は一年で売りに出されている。

はたして、この家で本当に殺人が行われていたのだろうか。

正直、栗原さんの推理を聞いたときも、記事を書いたときも、私は本気で信じていなかった。実際、根拠のない憶測でしかないのだから。

しかし、今日宮江さんと会ったことで、憶測が現実味を帯びてしまった。

とはいえ、「子供を利用した殺人代行業者」という栗原さんの説には、少し違和感があった。もっと何か、別の事情があるのではないか。そんな気がした。

そういえば。スマホを取り出し「宮江恭一」と検索してみた。ニュースが何件かヒットする。その中の一つを開く。今年の七月の記事だ。

先月25日、埼玉県○○市で発見された遺体の身元について、2016年に行方不明になった宮江恭一さんのものであることが判明した。宮江さんの遺体は左手首を切断されており……

「左手首を切断されており」この言葉が引っかかる。

言い換えれば、**左手首以外は切断されていない**ということだ。つまり、**宮江恭一さんの遺体は、バラバラ遺体ではなかった。**

スマホのページを切り替える。例の、東京で発見された遺体のニュース。相変わらず進展はない。

両者には、左手首が見つかっていない、という共通点がある。しかし、一方はバラバラ、もう一方はそうではない。はたして、犯人は同じ人間なのだろうか。

差異

帰宅後、宮江さんから預かった間取り図と、東京の間取り図を見比べてみた。

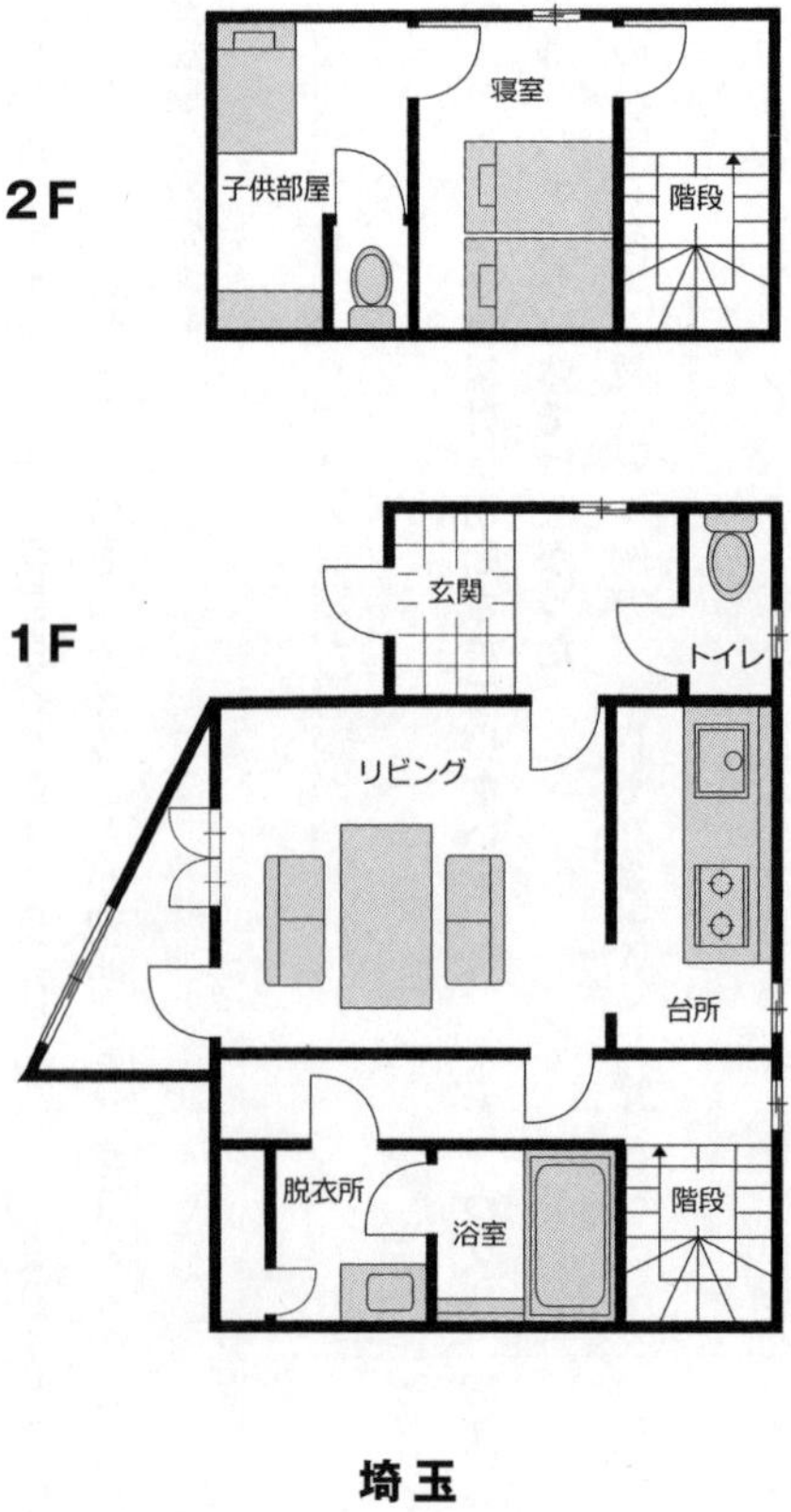

2F

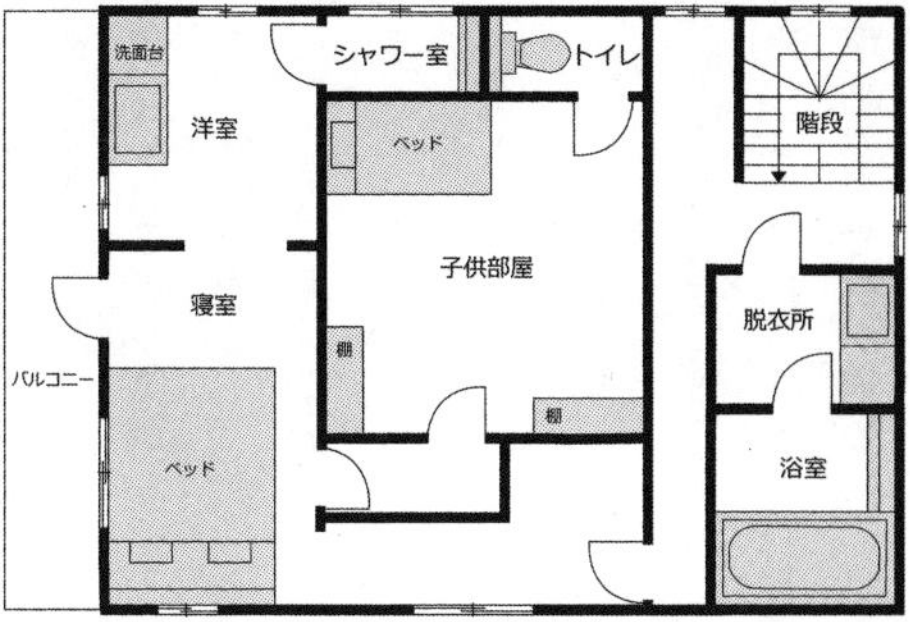
洗面台
洋室
シャワー室
トイレ
階段
ベッド
子供部屋
寝室
脱衣所
棚
棚
バルコニー
ベッド
浴室

1F

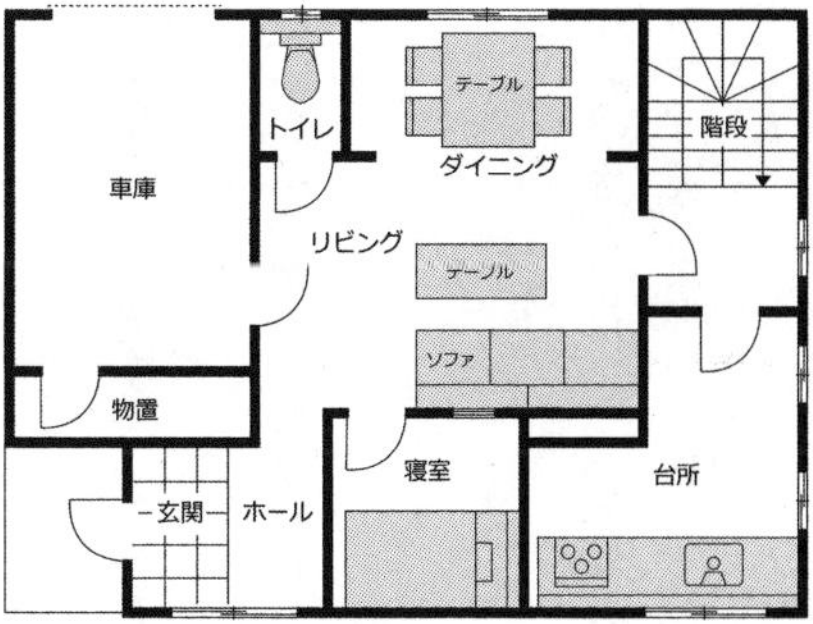
トイレ
テーブル
階段
車庫
ダイニング
リビング
テーブル
ソファ
物置
寝室
台所
玄関
ホール

東京

共通点は多い。しかし、異なる部分もある。

たとえば、埼玉の家には車庫がない。そして、車庫がないということは当然「遺体処理のためのルート」もこの家には存在しない。

そのとき、あることに気がついた。

埼玉の家で殺人が行われていた場合、**遺体を抜け穴に通す**という作業がない。つまり、遺体を細かく切断する必要がない。だから、宮江恭一さんの遺体はバラバラにされなかった……ということか。では、どうやって遺体を外に運び出していたのか。

＊＊＊

その夜、栗原さんに、今日の出来事をまとめた文章と、預かった資料のデータをメールで送った。その後は、疲れていたこともあり、すぐに眠ってしまった。

翌朝、電話の音で目が覚めた。栗原さんからだった。

栗原　もしもし。朝早くにすみません。ゆうべのメール読みましたよ。今から会いませんか？　分かったことがあるんです。

聞くと、栗原さんは昨晩、寝ずに間取り図を考察していたらしい。すごいバイタリティだ。徹夜明けの彼を外出させるのは忍びないので、私が彼の家に行くことになった。

栗原宅

栗原さんは世田谷区梅丘《うめがおか》のアパートに住んでいる。築四〇年の、決して綺麗とはいえないアパートだが、彼はいたく気に入っているらしい。

駅から徒歩二〇分。一〇月になってもまだ暑さはおさまらず、到着する頃には汗だくになっていた。

呼び鈴を押すと、Tシャツに短パンの栗原さんが現れた。直接会うのは久しぶりだが、短く刈った髪とたくわえた顎《あご》ひげ、というスタイルは変わっていない。

栗原　わざわざ来ていただいてすみません。暑かったでしょ？　どうぞ。散らかってますけど。

――部屋に入る。八畳ほどのリビングには本が散乱している。建築関係の本も多いが、それ以上に推理小説の量が尋常ではない。

筆者　相変わらず、すごい本ですね。

栗原　いやあ、稼ぎのほとんどを使っちゃうんですよね。

――そう言いながら栗原さんは、麦茶を出してくれた。一息ついたあと、彼はテーブルの上に、一枚の紙を置いた。

栗原　これ昨日送ってもらった間取り図を印刷したものです。驚きましたよ。まさか二軒目があったなんて。

筆者　私も、最初に見たときは、目を疑いました。

栗原　しかし、宮江さんという人はすごいですね。少ない情報からこんなものを探し出してしまうなんて。

筆者　やっぱり……旦那さんを殺した犯人を見つけたい、という執念でしょうか……。そういえば、宮江さんが気にしていたんですが、この三角形の部屋。これ、何の部屋だか分かりますか？

栗原　奇妙な部屋ですよね。詳しいことは分かりませんが、一つだけはっきりしていることがあります。**これは増設された部屋**です。

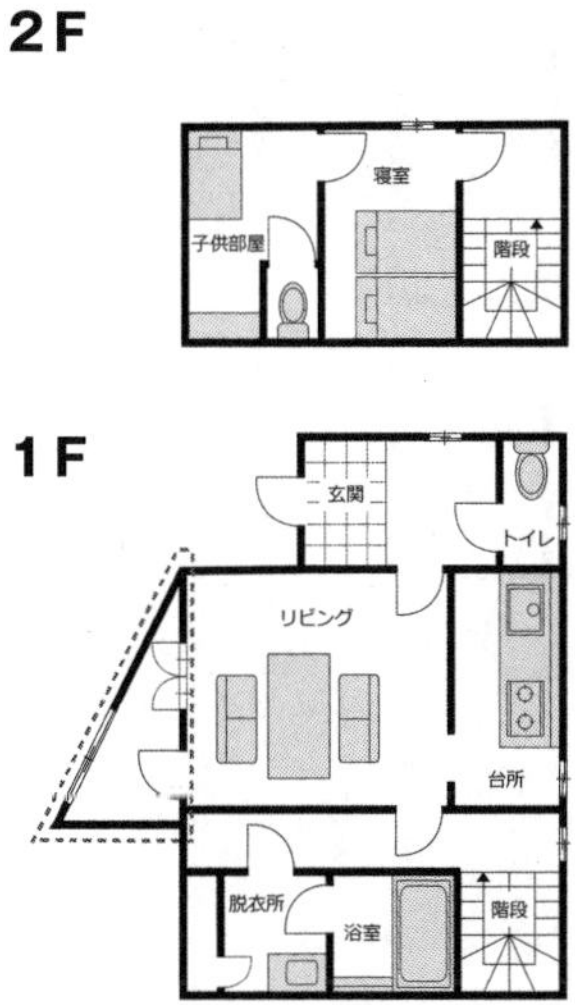

三角部屋

筆者　増設？　どうしてそんなことが分かるんですか？

栗原　三角部屋とリビングの間に窓がありますよね。

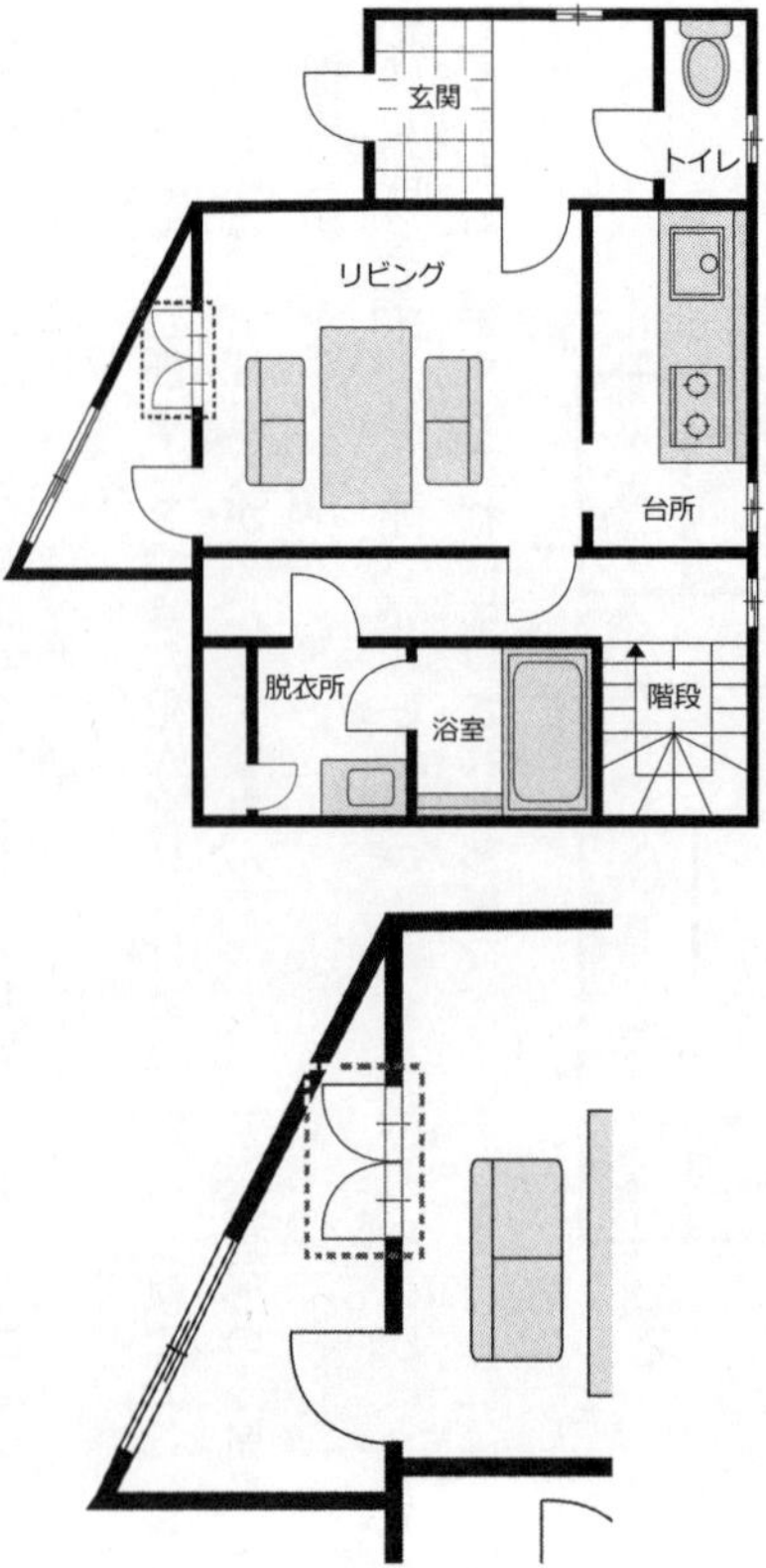

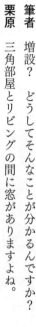

栗原「室内窓」といって、部屋と部屋の間に窓を取り付けることは珍しくないんですが、あまりこういうタイプの窓は使わないんですよ。「両開き窓」というんですが、全開にすると三角部屋をだいぶ圧迫してしまいますよね。

筆者たしかに。壁とすれすれですね。

栗原そしてこの「両開き窓」、通気性と採光性に優れているのが特徴なんですが、この位置では三角部屋の壁に阻まれて、風も光もほとんど入ってきません。窓としての機能を果たしていないんです。ではなぜ、こんな場所に窓があるのか。それはこの窓が、もともと**外に面していた**からではないかと思うんです。

――栗原さんは三角部屋を手で隠した。

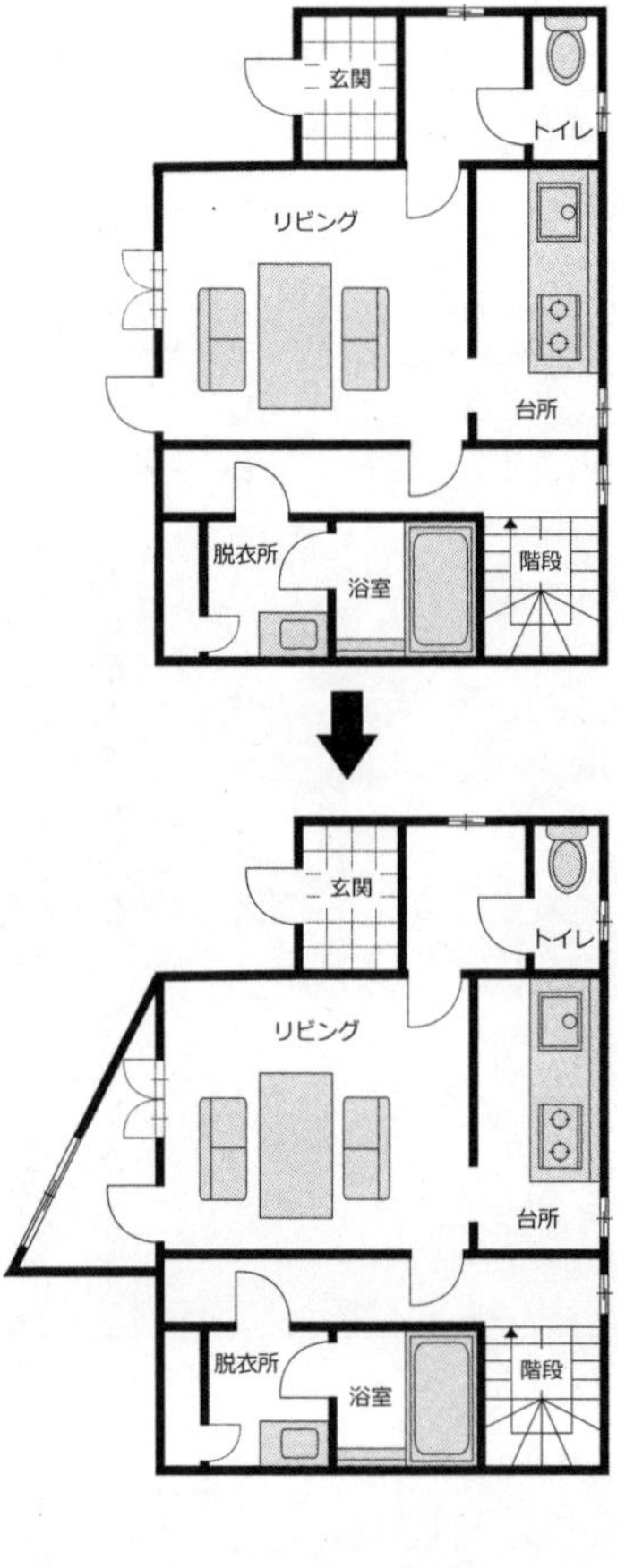

栗原　この家が建てられた当初、三角部屋は存在していなかった。見てください。三角部屋がなければ、ごく一般的な形の家です。リビングの窓からは外が見え、扉は庭に出るためのものだった。

筆者　もともと庭だった場所に、三角部屋を増設した、ということですか。しかし、どうしてこんな部屋を作ったんでしょうか。

栗原　作った目的は分かりませんが、**この部屋が三角形である理由**は、ある程度推測できます。

筆者　え？

――栗原さんはノートパソコンをテーブルに置いた。そこには上空写真が映っていた。

栗原　昨日、送ってもらった資料に書かれていた住所を、ネットで調べてみたんです。えーと……ここですね。

――彼が指さした先には、塀で囲まれた台形の空き地があった。火事で焼けたあとに撮られたのだろう。栗原さんはメモ帳を取り出し、土地の形を描き写した。

栗原　この家はもともと、台形の土地に建てられた、こういう形の家だったんです。余った三角形の敷地は、庭として使われていた。この家にはベランダがありませんよね。おそらく、物干し竿でも置いていたんじゃないでしょうか。その後、**なんらかの理由**で、部屋を増設しなければいけなくなった。そこで、土地の区画に合わせて、三角形の部屋を作ったんです。

筆者　そうか、三角形にせざるをえなかったんですね。

栗原　そうです。ただ、それでも疑問は残ります。

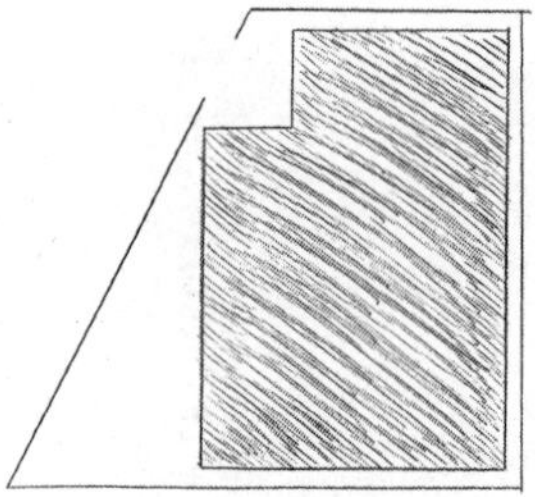

――栗原さんは、メモ帳に図を描き足した。

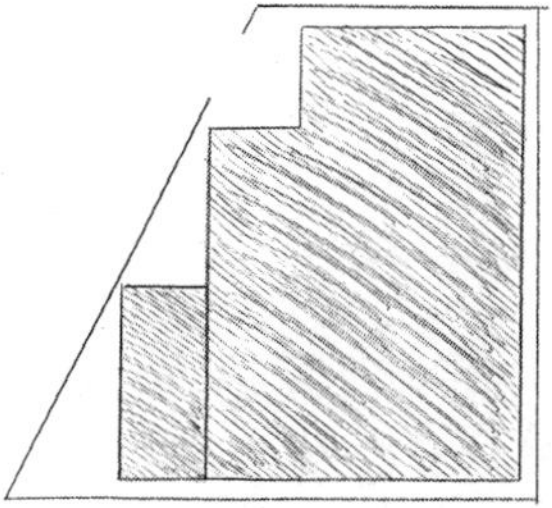

栗原　たとえばこんな感じで、四角い部屋を増設することも可能ですよね。面積はたいして変わりませんし、こちらのほうが部屋としても使いやすい。施工も楽です。ではなぜそうしなかったのか。考えられる理由は、庭です。

栗原　四角い部屋を増設すると、残るのは二つの小さなスペース。庭としては使いづらい。しかし、三角形の部屋ならば、それなりの大きさのスペースが残ります。

筆者　では、庭を残すために、三角形の部屋にした、ということですか。

栗原　一度はそう思いました。しかし、よくよく考えるとおかしいんです。**庭へ出るための扉がないんですよ。**もともとは、リビングの扉が庭に通じていました。しかし、三角部屋増設後はそれが使えなくなった。他の部屋には、庭に通じる扉がありません。つまり、どこからも庭に出られないんです。

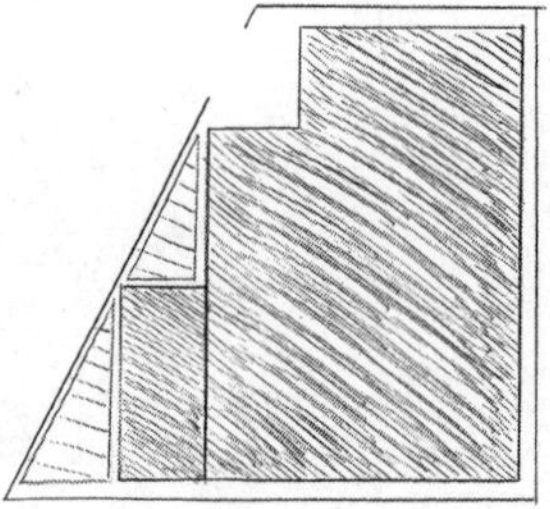

筆者　うーん……でも、玄関から、三角部屋の横を通れば行けませんか？

栗原　それが無理なんです。昨日、上空写真と、資料のデータを参考に計算してみたところ、塀と三角部屋の隙間は、だいたい二〇～三〇センチ程度だったということが分かりました。大人が通れる幅ではありません。

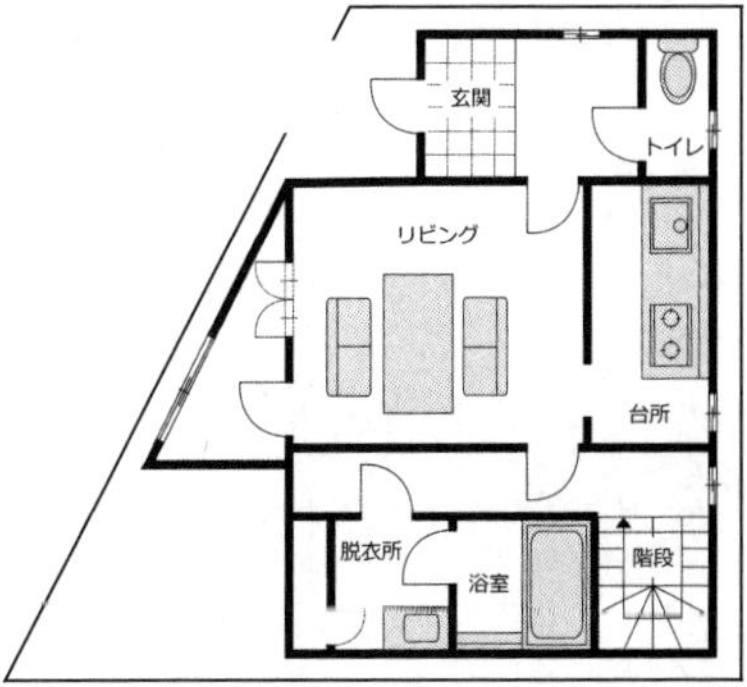

筆者　では、どこからも庭に入れない……？

栗原　そうです。まさか、塀の上を歩いて出入りしていた、なんて考えられませんから。つまり、三角部屋増設後、この庭は使われていなかったんです。

筆者　じゃあ、どうしてわざわざこのスペースを残したんだろう。

栗原　残したのではなく、残さざるをえなかったんだと思います。つまり、**このスペースに部屋を作ることができなかった**んです。

筆者　どういうことですか？

栗原　建物を建てる際、「杭打ち」といって、地面に長い支柱を打ち込む工程があります。このスペースは、ある事情により、杭打ちできない場所だったのではないでしょうか。

筆者　ある事情？

栗原　杭打ちができないケースでいうと、たとえば地盤が固すぎたり、逆に軟らかすぎてもダメです。ただ、この狭いスペースだけ、地盤の性質が異なるとは思えない。すると考えられるのは、**この下に何かがあった**、という可能性です。たとえば……地下室とか。

筆者　え⁉

埋められた部屋

栗原　話は変わりますが、この家には車庫がありませんよね。仮にこの家で殺人が行われていたとして、車がないと死体を外に運び出せません。レンタカーを使っていたか、駐車場を借りていたのかもしれませんが、その場合、家の脇に車を停めて、死体を積み込まなければならない。誰かに見られるリスクがあります。殺人のために家を建てるような人間が、そんなことをするとは思えない。では、どうやって処理していたのか。私は、**死体は家の中に隠されていた**のではないか、と思うんです。

筆者　死体置き場があった、ということですか？

栗原　そうです。では、それはどこか。一定の広さと、臭気が漏れないための密閉性があり、人間の居住空間から隔たった場所。もちろん、外から見られないことも重要です。この家の中に、それらの条件を満たす部屋はありません。すると考えられるのは、地下室の存在です。

——栗原さんは、脱衣所横の空間を指さした。

栗原　この空間は「通路」であると同時に、**地下室への入り口**でもあったのではないでしょうか。夫婦は、風呂場に横たわる死体を、この空間まで引きずり込み、扉を開け、そのまま地下室に納める。これで死体の処理は完了です。

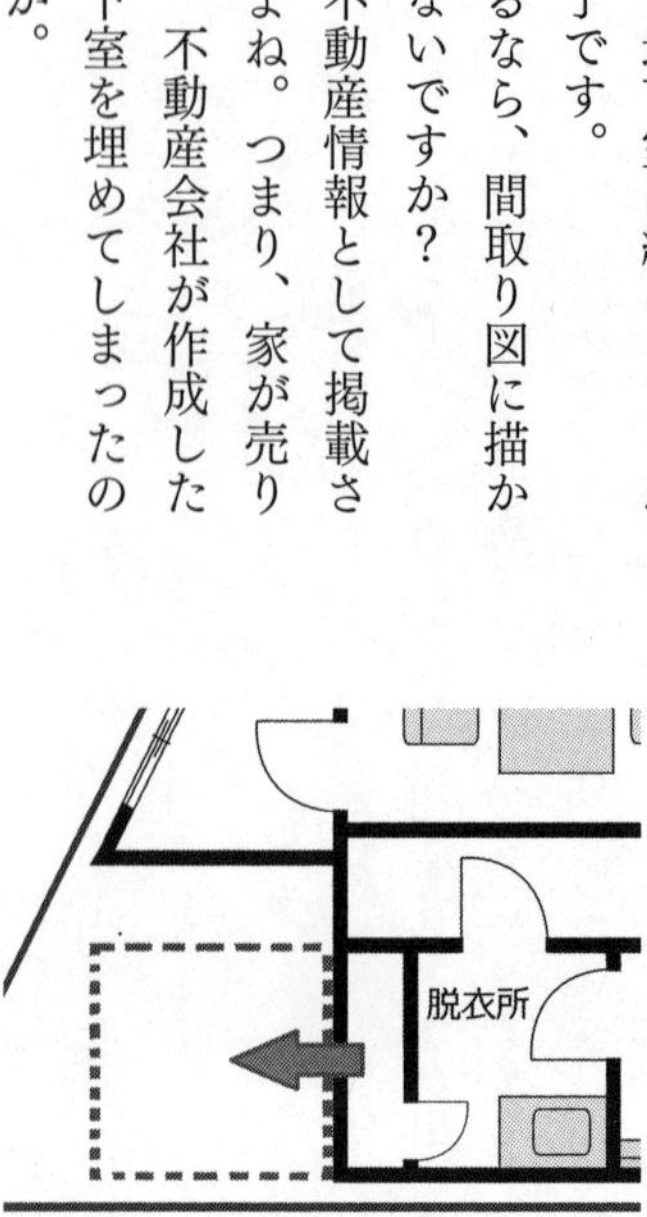

筆者　でも、地下室があるなら、間取り図に描かれているはずじゃないですか？

栗原　この間取り図は、不動産情報として掲載されていたものですよね。つまり、家が売りに出されたときに、不動産会社が作成したもの。その前に地下室を埋めてしまったのではないでしょうか。

筆者　ということは……今でも地面の下には死体が……？

栗原　いえ、その可能性はほとんどないです。土地を手放した以上、いつ掘り返されるか分かりませんから。地下室を埋める前に、別の場所に隠したんだと思います。実際、宮江恭一さんは山の中で発見されたんですよね。

筆者　たしかに……

変化

栗原　しかし、そうなると謎なのは三角部屋ですね。どうしてリスクを冒してまで、こんなものを作ったんでしょうかね。

筆者　リスク？

栗原　部屋を増設するとなれば、かなり大規模な工事になります。当然、業者が頻繁に家に出入りするし、近所から注目される。夫婦にとっては、それこそ命取りです。

そのリスクを冒してまで、部屋を作らなければならなかった理由……いったい何があったんでしょうか。

——そのとき、窓の外で一二時のチャイムが鳴った。

栗原　もう昼か。出前でも取りますか。

——私たちは、近くの蕎麦屋に昼食を注文した。蕎麦が来るまでの間、ずっと考えていたことを、栗原さんに相談することにした。

筆者　実は今度、東京の家に行ってみようと思うんです。

栗原　どうしてですか？

筆者　埼玉の家は全焼してしまいましたが、東京の家はまだ売り出されています。不動産屋に頼めば内見させてもらえるんです。家の中から何か手がかりとか、もっと言えば殺人の証拠なんかを見つけ出せれば、あの家が本当に殺人に使われていたのか、はっきりすると思うんです。そうなれば、警察も動いてくれるでしょうし。

栗原　…………難しいでしょうね。

筆者　そうですか？

栗原　家が売られたとき、業者が査定をしたはずです。それをクリアしたわけですから、少なくとも目で見て分かるような証拠……たとえば血痕とか、被害者の遺留品なんかは残っていないということです。抜け穴もふさがれてしまったんじゃないでしょうか。

まあ、専門技術を使えば、被害者のDNAなんかを検出できるかもしれませんが、内見の最中には不可能です。それよりも、今私たちにできることは、この間取り図の謎を、完璧に解明することだと思いますよ。

筆者　三角部屋のことですか？

栗原　それもありますが、私が気になっているのは、二つの家の「違い」です。

——栗原さんは、両家の間取り図を並べた。

2F

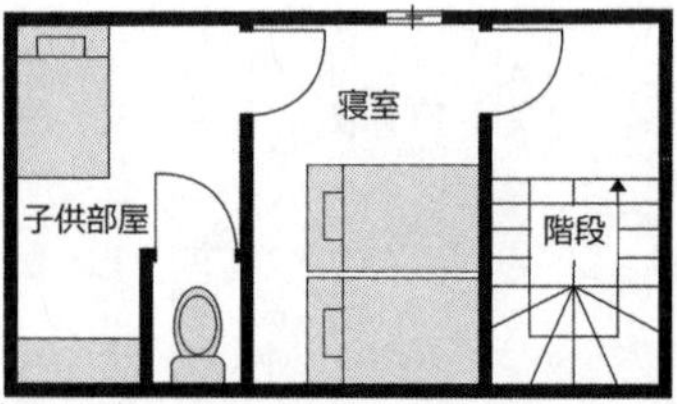
寝室
子供部屋
階段

1F

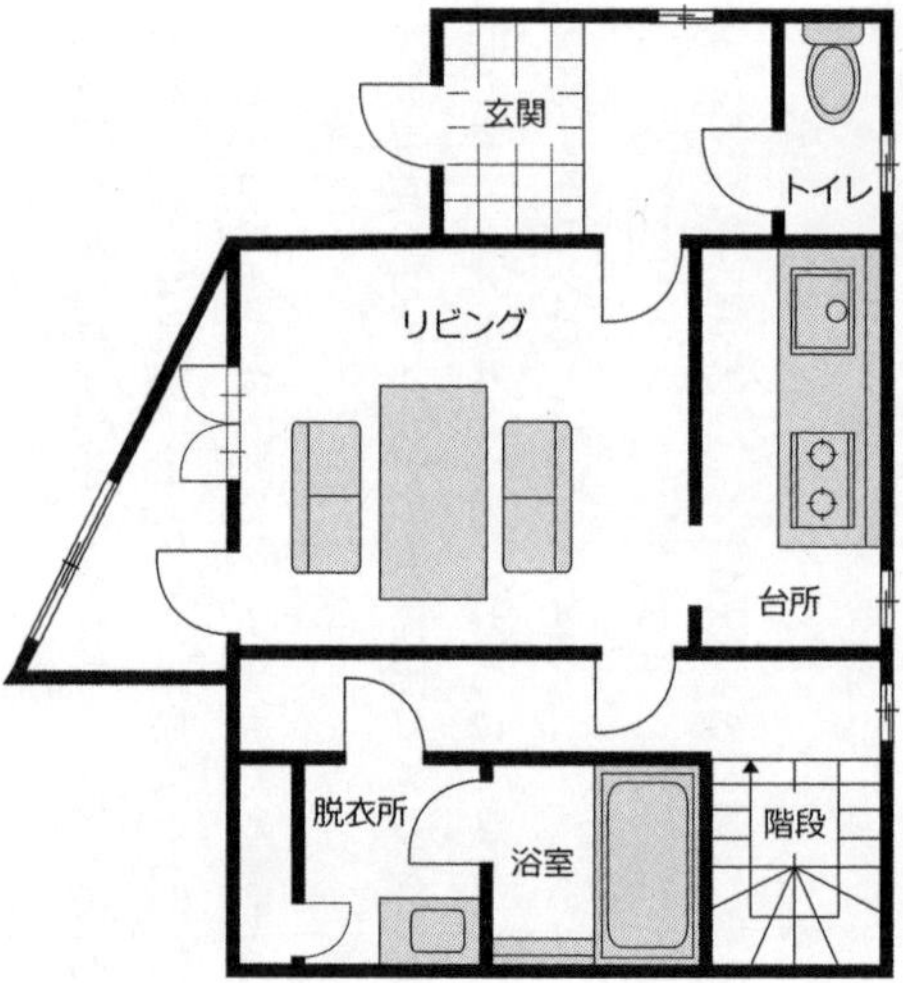
玄関
トイレ
リビング
台所
脱衣所
浴室
階段

埼玉

栗原　たとえば窓の数。埼玉の家は、窓が極端に少ないんです。東京の家は「中を見てください」と言わんばかりに、たくさんの窓があるのに。

子供部屋の扉も違いますよね。東京の家が二重扉であるのに対して、埼玉の家は扉が一枚しかない。その隣の、夫婦の寝室も気になります。埼玉の家にはシングルベッドが二つありますよね。つまり、この家では夫婦は別々に寝ていた。

しかし、東京の家ではダブルベッドで一緒に寝るようになった。引っ越しをきっかけに夫婦仲が良くなった、なんて話、あまり聞きませんよね。彼らの間に、どんな変化があったんでしょうか。

二つの家に同じ人間が住んでいたとしたら、なぜこのような「違い」が生まれたのか。その理由が分かれば、あの家族の正体に近づけると思うんですよ。

筆者　なるほど。

栗原　まあ、とはいえ、東京の家を見に行くこと自体は、悪くないと思いますよ。外観を見るだけでも、分かることがあるかもしれませんし。あ、そろそろ来る頃かな？

2F

1F

洗面台
洋室
シャワー室
トイレ
階段
ベッド
子供部屋
寝室
脱衣所
棚
バルコニー
ベッド
棚
浴室
テーブル
階段
トイレ
ダイニング
車庫
リビング
テーブル
ソファ
物置
寝室
台所
玄関
ホール

東京

――食事を済ませ、栗原さんのアパートを出た。帰りの電車の中で、今日の話をメモにまとめる。

・三角部屋はなんらかの理由で増設されたものである。
・庭の下には死体を置くための地下室があった可能性がある。
・東京の家との相違点「窓の数」「子供部屋の扉」「夫婦のベッド」。

帰宅後、これを文章にまとめ、宮江さんにメールで送った。数時間後、返信が来た。

お世話になっております。
宮江です。

ご連絡をいただき、ありがとうございます。
間取り図だけで、ここまで詳細な情報が分かるものかと驚いております。栗原様にもよろしくお伝えください。

また、勝手なお願いではございますが、もう一度会っていただくことは可能でしょうか。お礼を申し上げたいのと、一つお伝えしたいことがございます。東京までまいりますので、もしよろしければ、都合のいい日にちをお教えください。

宮江柚希

東京の家

翌週の日曜日、朝早くに家を出た。宮江さんとは、午後三時に待ち合わせをしている。しかしその前に、ある場所へ行くことを決めていた。

東京の家。すべての発端となったあの家だ。栗原さんも言っていたように、外観を見るだけでも、何か分かることがあるかもしれない。

最寄り駅から徒歩一〇分。閑静な住宅街にその家はあった。

白く塗られた壁、青い芝生の庭。外観はいたって普通だ。玄関には「売家」のプレートが付いている。この家の中で殺人が行われていたなんて、想像もつかない。私は不思議な気持ちで家を眺めていた。

するとと突然、誰かの声がした。

「片淵《かたぶち》さんなら、もう引っ越しましたよ」

見ると、隣の家の庭に、一人の女性が立っている。小さな犬を抱きかかえた、五〇代くらいの、いかにも気のよさそうな人だ。

女性　あなた、片淵さんのお知り合い？

筆者　片淵さん……というのは？

女性　その家に以前、住んでらした方ですよ。

――「片淵」……あの家族の名字。

女性　片渕さんのお知り合いじゃないの？　その家に何かご用？

――困った。まさか「殺人屋敷を見に来た」とは言えない。

筆者　えーと……実は今、引っ越しを考えていまして、このあたりにいい物件はないかと、散歩がてら見に来たんです。
女性　あら、そうなの。この辺は静かだしいいところよ。
筆者　たしかに、空気も良くて住みやすそうですね。
女性　この家もいい家よね。大きくて綺麗で。どうして引っ越しちゃったのかしら、片渕さん。
筆者　その……片渕さんという方は、どんな方だったんですか？
女性　とっても仲の良いご家族だったわよ。お子さんがまた可愛くってねえ。
筆者　え？　お子さんを見たことがあるんですか？
女性　ええ。小さな男の子。「ひろとちゃん」って言ってね。引っ越してきたときは、ちょうど一歳になったばかりだって言ってたわね。よくお母さんとお出かけしてたわよ。

——私は混乱した。その話が本当なら、「子供が監禁されていた」という事実はなかったことになる。

女性　ところがね。ある日突然、引っ越しちゃったのよ。寂しかったわよ。
筆者　ある日、突然ですか？
女性　ええ、お隣同士なんだから、一声かけてくれればよかったのに……
筆者　挨拶もなかったんですか？
女性　そうなのよ。何か事情があったのかしらね。
筆者　ちなみに、片淵さんが引っ越す前、何か変わったことはありませんでしたか？
女性　……うーん……そういえば、うちの主人が不思議なものを見たって言ってたわね。
筆者　その話、詳しく聞かせていただけませんか？

女性　いいけど……あなたどうして片渕さんのことを知りたがるの？

筆者　え……と、いや、ちょっと気になってしまって……

女性　まあいいわ。たしか……三ヵ月くらい前だったかしらね。主人が夜中に、トイレに起きたんですって。うちのトイレの窓から、片渕さんのお家が見えるんだけど、夜中なのに電気が点《つ》いてて、窓の前に誰かが立っていたって言うのよ。ほら、あそこの窓。

――女性が指をさしたのは片渕家の二階、夫婦の寝室の窓だった。

女性　誰かと思って目を凝らしたら、見たことのない子供だったんですって。

筆者　え⁉

女性　小学校高学年くらいの、青白い顔の男の子だったって言ってたわ。お隣にはそんな子いないはずでしょ？　もしかしたら、親戚の子供が遊びに来てたんじゃないかと思って、翌朝、お隣のご主人に聞いてみたの。そしたら、「そんな子は来てない」って言うのよ。

筆者　それは……不思議ですね。
女性　まあ、何にせよ、元気で暮らしててくれればいいけどね。

女性に礼を言い、その場を去った。歩きながら、胸にぞわぞわと嫌なものが込み上げてくる。

子供は二人いる。

私は栗原さんに電話をかけ、今聞いたことを話した。「ひろとちゃん」のこと、突然の引っ越し、そして窓の前に立っていた子供……栗原さんはしばらく黙って考え込み、そして、静かな声でこう言った。
「もしも……子供が二人いたとすれば、間取りの謎が解けます。今からうちに来ませんか?」
時計を見ると、一一時をまわったばかりだ。約束までだいぶ時間がある。

私は栗原さんのアパートに向かうことにした。

二人の子供

栗原さんの部屋は相変わらず本の山だった。テーブルの上には間取り図が広げられている。

筆者　驚きました。まさか子供が二人いたなんて。

栗原　私も、その可能性は見落としていました。しかし子供が二人いると考えれば、これまで謎だった部分を、一気に解明できます。まずは時系列に沿って、事実を整理してみましょう。

埼玉の家が建てられたのは二〇一六年。二年後、二〇一八年に一家は東京に引っ越した。隣人の話によると、そのとき、ひろとちゃんは一歳になったばかりだった。したがって、ひろとちゃんが生まれたのは二〇一七年。つまり、ひろとちゃんは片淵一家が埼玉の家に住んでいるときに生まれた子供、ということです。

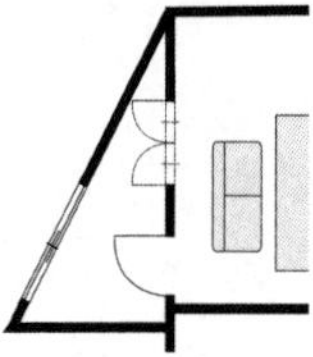

2016　埼玉の家 完成
2017　ひろとちゃん誕生
2018　東京に引っ越し

ひろとちゃんが生まれる前、埼玉の家には、三人の人間が暮らしていた。夫と妻、そして正体不明の子供、仮に「Aくん」と呼びましょう。
夫婦は、Aくんを二階の子供部屋に監禁していた。
ところがあるとき、一家に異変が生じた。第二子、ひろとちゃんの誕生です。この三角部屋は、ひろとちゃんのために作られた部屋だったのではないでしょうか。

筆者　え!?　子供部屋……ということですか?

栗原　そうです。ちょっと狭いですが、ベビーベッドくらいなら置けるでしょう。大きな窓が付いていて、日当たりもいいですし。

筆者　でも、長男を殺人に利用するような人間が、次男のために、わざわざ部屋を作ったりしますかね?

栗原　そこなんです。隣人の話によれば、夫婦はひろとちゃんを可愛がり、たびたび外に連れ出していた。Aくんとあまりにも扱いが違います。

そこから推測できるのは、**Aくんは彼らの実子ではなかった**、という可能性です。そういえば以前、東京の家には「三人家族が住んでいた」と教えてもらいました。その話は誰から聞いたんですか？

筆者 柳岡さんです。柳岡さんは不動産屋から聞いたそうです。

栗原 つまり、片淵一家は不動産屋に嘘をついていたことになります。だって、実際には四人いたわけですから。しかしその嘘、契約の際に住民票を提出すれば簡単にバレてしまいます。

最後までバレなかったということは、片淵家の住民票にはAくんの名前は記載されていなかったということです。戸籍のない子供。もしかしたら、買われた子供だったのかもしれません。

筆者 人身売買……

栗原 ええ。いずれにしろ、夫婦はAくんに対して、一切愛情を持っていなかった。しかし、そんな人間でも我が子は可愛いのでしょうか。実子であるひろとちゃんには、並々ならぬ愛情を注いでいた。恐ろしい二面性です。

——たしかに、他人の子供より、我が子のほうが可愛いのは当たり前だ。しかし、どうしても納得できない。片淵夫婦の人間性が摑《つか》めない。


栗原　さて、ここからは私の想像です。

夫婦は、ひろとちゃんをどこで育てるかで悩んだ。家の中では、日常的に殺人が行われている。そんな場所で、最愛の我が子を育てたくなかった。できれば、別の家で育てたい。しかし、それは無理な話。

そこで、せめてもの妥協として作られたのが、この三角部屋だったんです。

間取り図を見ると、この部屋だけが、家からはみ出しているように見えます。

薄暗い殺人屋敷に唯一属さない、太陽

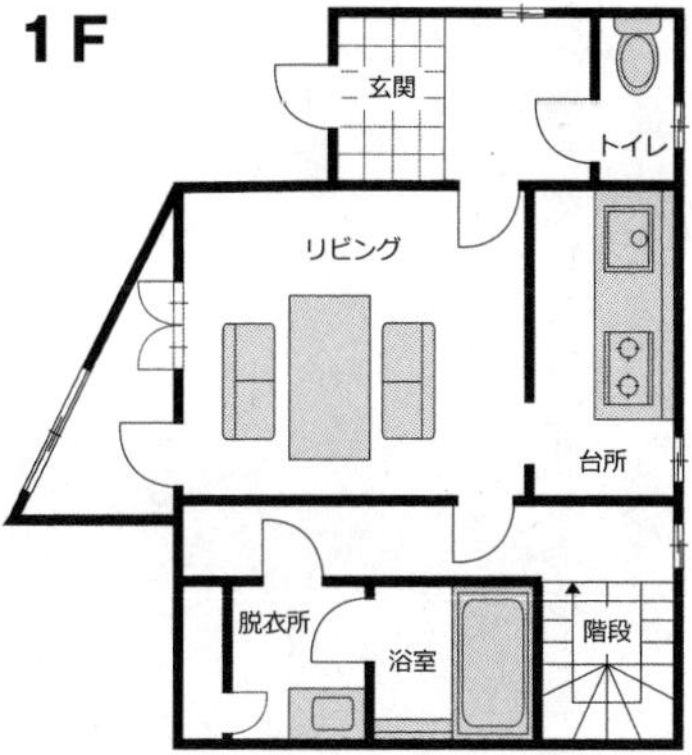

の光に満ちた部屋。この部屋でひろとちゃんは、何も知らずに育てられた。

筆者　でもその一方で、夫婦はAくんを監禁して、殺人を強《し》いていたわけですよね。ひろとちゃんの幸せを願うんだったら、部屋を作るより、殺人をやめるべきだと思うんですけど。

栗原　やめたくても、やめられなかったんじゃないですか？

筆者　え？

栗原　前から思っていたんです。この夫婦は、自らの意思で殺人を行っていたのだろうか、と。たとえば、誰かの指示で、脅されてやっていた可能性もあると思うんです。

筆者　首謀者がいる、ということですか？

栗原　はい。もしそうだとしたら、彼らの生活は地獄です。恐怖と罪悪感に満ちていたことでしょう。そんな中、生まれたひろとちゃんは、彼らにとって唯一の希望だった。ひろとちゃんを幸せに育てることで、彼らは救われようとしたのではないでしょうか。

筆者　自分たちの人生を、ひろとちゃんに託したということですか……

栗原　ええ。そう考えると、こちらの家の見え方もだいぶ変わってきます。

——栗原さんは、東京の家の間取り図を、テーブルの中央に寄せた。

栗原　二〇一八年、一家は何らかの理由で、東京に引っ越すことになった。それを機に、彼らは新しい家を建てた。私はこの家のことを見誤っていました。これは、夫婦が綿密に設計した「殺人」と「育児」を両立するための家だったんです。

二つの側面

栗原　この家には、二つの側面があります。光と闇、と言ってもいいでしょう。光とは、リビング、キッチン、寝室など、窓がたくさんあって、外から見られても、何一つ恥じることのない部屋。それらはすべて、ひろとちゃんのために作られた部屋だったんです。夫婦はこの部屋で、「理想的な家族」を演じながら、ひろとちゃんを育てていた。

しかし、その一方、この家には「闇」の側面がある。子供部屋、浴室、謎の空間。陽の光が入らない薄暗い部屋で、夫婦はAくんに殺人をさせていた。そしてそんな「光」と「闇」の境界となる場所、それが寝室と子供部屋を繋ぐ、二

2F

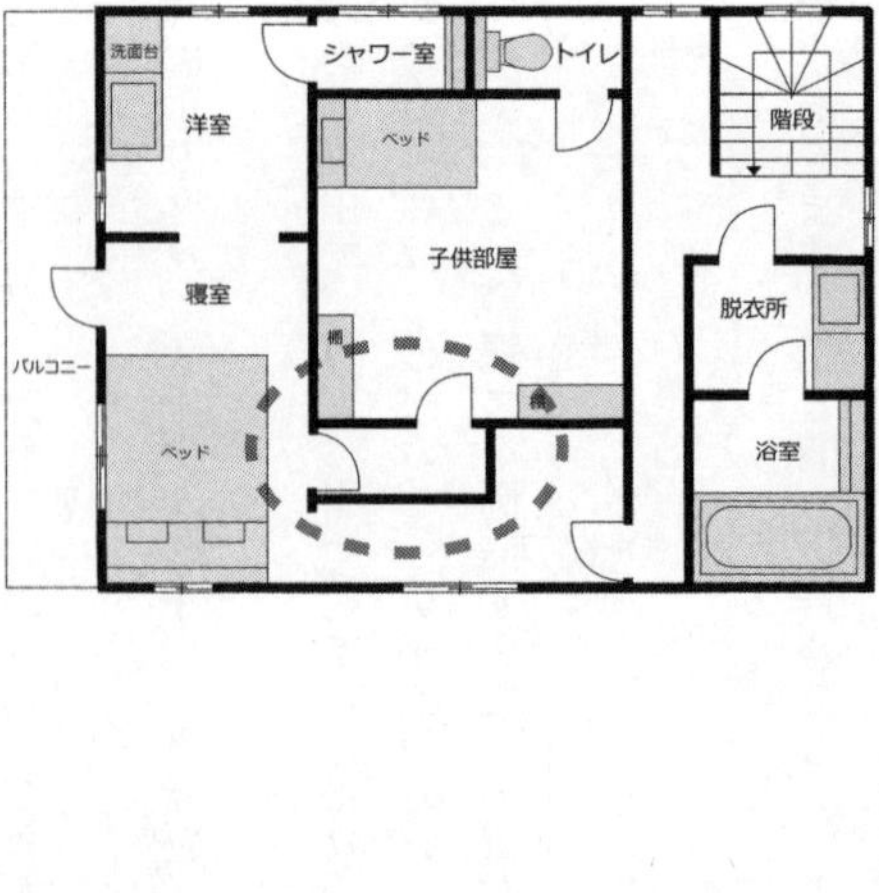

重扉です。

私はこの間取り図をはじめて見たとき、子供が部屋から逃げ出さないように、万全を期して二重扉にしたのだと思っていました。しかし、埼玉の家の子供部屋は、二重扉ではなかった。おかしいと思いました。でも今はその理由が分かります。

この二重扉は、**Aくんとひろとちゃんを、会わせないための装置**だったんです。たとえば、両親がAくんに食事を運ぶために子供部屋に入るとき、扉が一枚しかなかったら、Aくんがひろとちゃんを見てしまう可能性がある。しかし、二重扉ならその心配はありません。

筆者　ひろとちゃんの存在を、Aくんは知らなかったんでしょうか？

栗原　まあ、同じ家に住んでいる以上、声は聞こえるでしょうし、まったく気づかない、ということはなかったと思います。ただ、実際にひろとちゃんの顔を見ることで、Aくんがどんな感情を抱くか分からない。もしかしたら、自分の境遇とは正反対のひろとちゃんに嫉妬《しっと》し、危害を加えるかもしれない。夫婦はそれを恐れていた。彼らはAくんを支配しながら、同時にAくんに怯《おび》えていたのではないでしょうか。

筆者 なるほど。

栗原 さて、そうするとダブルベッドの謎も解けます。埼玉の家では、夫婦は別々のシングルベッドに寝ていた。しかし、東京の家にはダブルベッドが一つ。この違いは何か。結論から言うと、このダブルベッドは夫婦のものではなかったんです。

筆者 え？

栗原 このベッドには、ひろとちゃんと母親が寝ていたんだと思います。この場所にベッドを置けば、ひろとちゃんの世話をしながら、子供部屋の監視ができます。最悪、Aくんが部屋から脱走しても、ひろとちゃんを守ることができる。寝室から脱衣所が丸見えなのは、母親が脱衣所にいるとき、寝室を見張れるようにするためだったんです。

筆者 でも、そうすると父親は何をしていたんでしょうか？

栗原 おそらく、家全体の見張りです。一階の寝室。ここは客間としても使われていたと思いますが、普段は父親の寝

2F

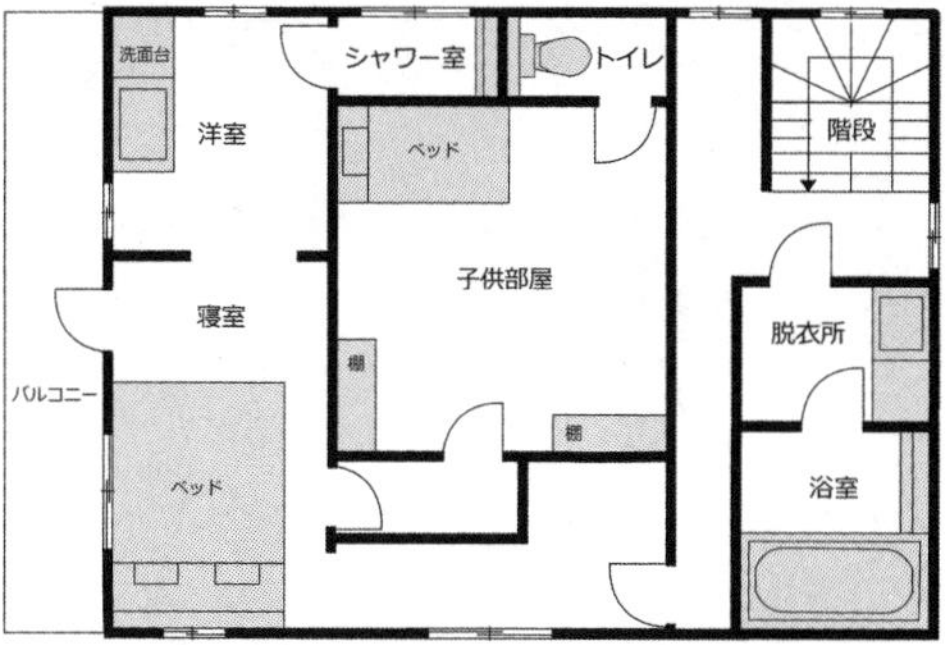
洗面台
シャワー室
トイレ
洋室
ベッド
階段
子供部屋
寝室
脱衣所
棚
バルコニー
棚
ベッド
浴室

1F

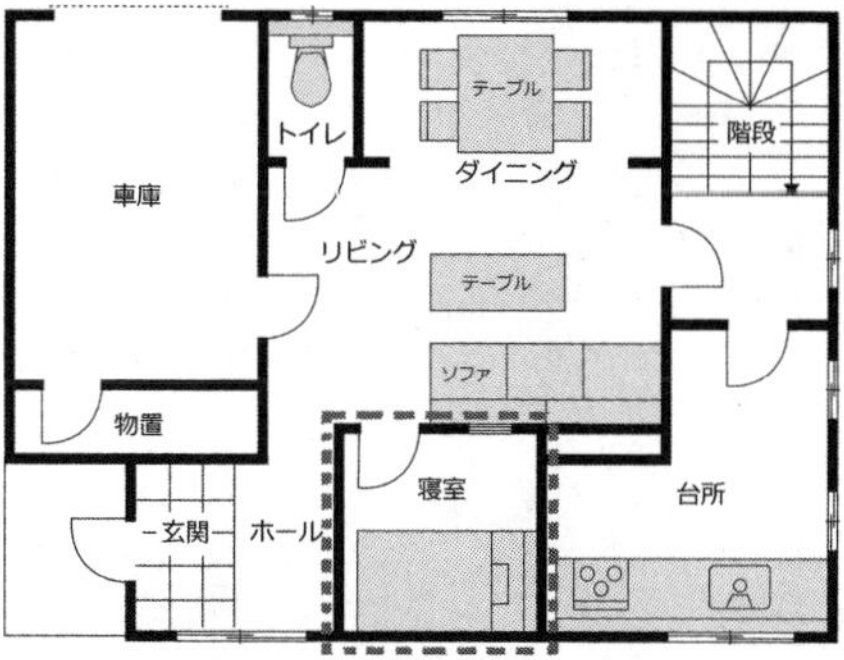
テーブル
トイレ
階段
ダイニング
車庫
リビング
テーブル
ソファ
物置
寝室
台所
玄関
ホール

室だったのではないでしょうか。彼らは日常的に殺人を行っていた。逆に、自分たちが命を狙われる危険もあります。妻や子供に危害が及ばぬよう「城を守る」のが父親の役目だったのではないかと思います。

筆者 でも、そうなると、Aくんは常に部屋の中に監禁されていたことになりますよね。すると、隣人が見たという子供の姿は何だったんでしょうか。

栗原 たぶん、その日に「何か」があったんです。少なくとも、夫婦にとって望ましくない異常事態が。そういえば隣のご主人は、**子供が寝室の窓の前に立っているのを見た**んですよね。

筆者 はい。

栗原 寝室の窓際には、ベッドが置いてある。この間取り図が正しければ、「窓の前に立つ」ことは不可能です。実際は、Aくんは**ベッドの上に座っていたんです。**この部屋にベッドがあることを知らない隣のご主人は、それを見て「窓の前に立っている」と勘違いした。

母親とひろとくんが寝ているベッドの上で、Aくんは何をしていたんでしょうか。

筆者　まさか、二人に危害を？

栗原　……分かりません。しかし、一家はそのあとすぐ、家から出て行った。その夜の出来事が関係している可能性は高いです。

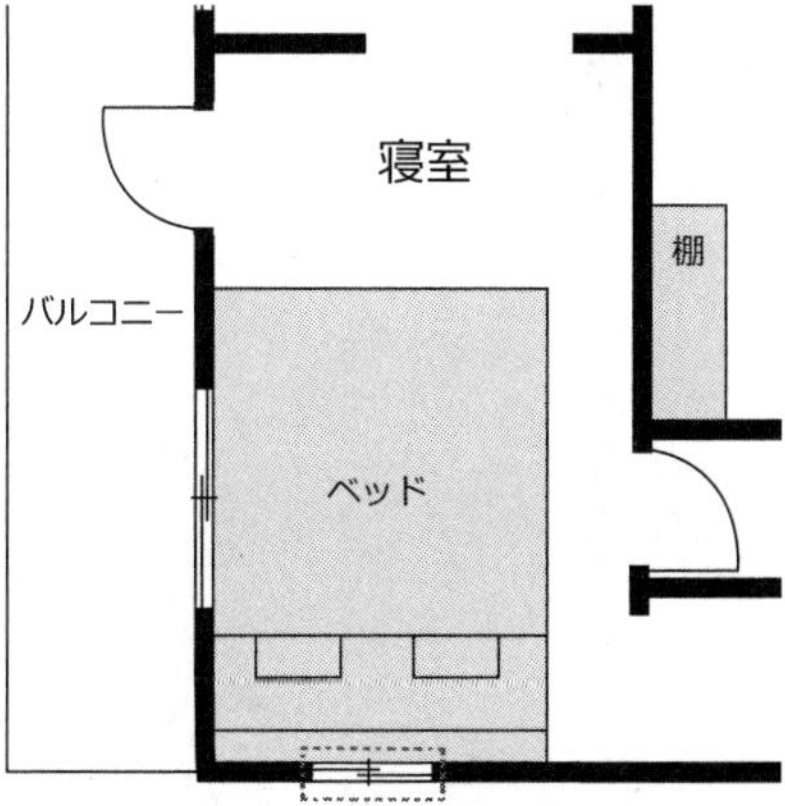

秘密

栗原　あ、そういえば時間は大丈夫ですか？　このあと予定があるんですよね。

筆者　はい。三時から宮江さんと会う約束をしてるんです。

栗原　宮江さんですか……実は私、この一週間、宮江恭一さんの事件についていろいろ調べていたんですよ。

——栗原さんは、床から一冊のノートを拾い上げ、パラパラめくりだした。

栗原　当時の新聞やネットニュースを漁ったら、結構いろいろな情報が載っていました。その中で、一つ気になるものがあったんです。

宮江恭一さんに、奥さんはいなかったそうです。

筆者　え⁉

栗原　これを見てください。

——渡されたノートには、事件に関連したさまざまな記事がスクラップされていた。その中の一つ、おそらく地方新聞の記事だろう。そこにはたしかに、こう書かれていた。

「……被害者の宮江恭一さんには、結婚歴がなく……」

筆者　でも……たしかに宮江さんは「主人」だと……

栗原　もしかしたら内縁の夫だったのかもしれないし、婚約段階だった可能性もあります。ただ、彼女をあまり無防備に信用しないほうがいいですよ。

＊＊＊

一時半、アパートを出る。栗原さんは「何かあったら連絡してください」と言って見送った。駅に向かって歩きはじめる。

額から汗が流れる。暑さのせいだけではない。頭の中に、いろいろな考えが交錯する。

私がこれから会いに行く人、「宮江柚希」と名乗る人物は何者だ。なぜ私に接近してきた。あの家と何の関係がある。そしてメールに書いてあった「お伝えしたいこと」とは。

駅に着く。ちょうど急行列車が入ってきた。このまま、彼女のもとへ向かってもいいのだろうか。

午後二時四五分、考えはまとまらないまま、待ち合わせ場所の喫茶店に到着する。動悸が高鳴る。正直、不安だった。今なら引き返すこともできる。しかし、それでは真相は分からないままだ。

意を決して、喫茶店のドアを開けた。

店内を見渡す。奥の席に、彼女はいた。私に気づくと、その場に立って会釈をした。私は、緊張しながらテーブルに着く。

軽い挨拶のあと、あえてそのことには触れず、まずは、栗原さんの推理を伝えるこ

本当の意味……話しながら彼女の様子をうかがった。子供が二人いること、夫婦がひろとちゃんを溺愛《できあい》していたこと、間取りの

最初は相槌《あいづち》を打ちながら聞いていたが、話が進むにつれて、だんだんと彼女の顔がこわばっていくのを感じた。一家が突然、家から去ったところまで来ると「すみません」と言って、逃げるように席をはずした。

おかしい。前回会ったときから、薄々感じていた。

宮江さんがあの一家に向ける感情は、加害者に対する怒りではない。

「本当のことを、話してほしいです」……別れ際に言った言葉の違和感。

しばらくすると、彼女は戻ってきた。

落ち着いてはいたが、目の周りが紅潮している。泣いていたのだろうか。

筆者　大丈夫ですか？

宮江　すみません……

筆者　あの……、失礼を承知でお聞きしたいのですが……宮江恭一さんとは、どうい

うご関係だったんでしょうか。先ほど、事件に関する記事を読みまして、その中に「宮江恭一さんに結婚歴はなかった」と書いてありました。

――少しの沈黙のあと、彼女は何かを諦めたように、小さな息を吐いた。

宮江　……知ってらしたんですね……騙《だま》すようなことをして申し訳ありませんでした。

筆者　では、やっぱり……

宮江　はい。たしかに、宮江恭一さんは私の夫ではありません。私の本名は…………**片淵柚希**。あの家の住人である、**片淵綾乃《あやの》の妹です**。

姉妹

状況が把握できなかった。目の前にいる女性は、あの家の住人の妹……

彼女は、「少し長くなりますが」と前置きして、これまでの経緯を話しはじめた。

私は一九九五年、埼玉県で生まれました。父は会社員、母はパートタイマーで、裕福ではありませんでしたが、生活に不自由することもない、それなりに恵まれた家庭でした。

私には、二歳上の姉がいました。

名前は綾乃といって、優しくて、綺麗で、自慢の姉でした。姉は私のことを、とても可愛がってくれて、私も、そんな姉のことが大好きでした。

でも、私が一〇歳の夏、姉は突然家からいなくなったんです。ある朝目覚めると、隣で寝ているはずの姉がいなくて、それどころか、ベッドも机も服も、姉に関するものがすべてなくなっていて……びっくりして母親に尋ねると「**お姉ちゃんは今日からうちの子じゃなくなったの**」とだけ言って、それ以外は何も教えてくれませんでした。

おかしいと思いました。いきなり、別の家の子になるなんて……そんなの普通ではありえないことだと、子供でも理解できました。

でも、父も母も、私が姉のことを口にすると不機嫌になるし、当時の私には、姉の行方を探す知恵も力もなくて、受け入れるしかありませんでした。

それでも、姉のことを考えない日は一日もありませんでした。毎晩、寂しくてベッドの中で泣いていました。ずっと待っていれば、いつか姉が帰ってくるんじゃないか、そんな期待を心の支えにして、暮らしていこうと思いました。でも、そんな暢気《のんき》なことも言っていられなくなったんです。


姉がいなくなってから、うちの家族は壊れていきました。父は突然仕事を辞めて、部屋に引きこもってお酒ばかり飲むようになって……二〇〇七年、飲酒運転で自損事故を起こし、亡くなりました。

その後、母は「キヨツグさん」という男性と再婚したのですが、とても高圧的な人で、私はどうしても好きになれませんでした。

当時反抗期で、何かにつけて反発していた私も悪かったのですが、だんだん母とも折り合いが悪くなり、高校を卒業するとすぐ、家を出ました。

その後は、先輩の伝手《つて》で県内の会社に就職し、近くにアパートを借りて、一人暮らしをはじめました。

二〇歳を過ぎて生活も安定してくると、家族のことを思い出すことは少なくなりました。思い出さないようにしていた、と言ったほうがいいかもしれません。私にとって、嫌な思い出が多すぎましたから。

ところが、二〇一六年の一〇月、突然、一通の手紙が届いたんです。

姉からでした。

長いこと音信不通だったので、本当に驚きました。姉は私の住所を知らないはずなので、おそらく、母が教えたんだと思います。

手紙には、懐かしい文字で、「ずっと会えなくて寂しかった」「柚希が元気か心配している」「いつか二人で会いたい」ということが書かれていました。

私はとにかく、姉が無事に生きていたことが嬉しくて……

すぐに返事を書こうと思いましたが、差出人の住所がなかったので、手紙に書かれていた、姉の携帯番号に電話をかけることにしました。

電話越しに聞く姉の声は、以前より大人びていましたが、優しい口調と少し鼻にかかった声は変わっていませんでした。私は嬉しくなって、その日は結局、一時間以上話し込んでしまいました。

姉は少し前に結婚していて、埼玉県に暮らしていることが分かりました。

相手は慶太《けいた》さんという人で、姉の片淵姓を選択する形で結婚したそうです。だから結婚しても「片淵綾乃」のままなんだ、と言っていました。今は事情があって難しいけど、いつか私を家に招待したい、とも言ってくれました。

他にも、子供の頃のことや、仲の良かった友達のこと、今ハマっていることなど、いろんなことを話しました。

でも……あのことについては……あの日、突然家からいなくなったことについては、何度聞いても、絶対に教えてくれませんでした。だから、姉が今まで、どこで何をしていたのかは、分からずじまいでした。

それからは頻繁に、姉と連絡を取るようになりました。

本当は直接会って話したかったのですが、姉には家庭があるし、私には言えない事情があるみたいだったので、遠慮していました。それでも、音信不通よりはずっと幸せでした。

でも、あるとき突然「子供が生まれた」と聞かされたときは、さすがに水くさいなと思いました。私は姉が妊娠していることすら知りませんでしたから。

子育てに忙しくなったのか、それからしばらくは連絡が途絶えました。寂しかったですが、姉が幸せに暮らしているなら私は満足でした。

久々に連絡が来たのは、今年の五月でした。

そのとき、姉家族が東京に引っ越したことを知りました。驚いたことに、姉は私を新居に招待してくれたんです。

一三年ぶりに会った姉は、面影は残しつつも、すっかり綺麗なお母さんになっていました。ご主人の慶太さんはすごく優しそうな人で、子供のひろとちゃんも姉にそっくりで可愛くて、私の目には理想的な家族に見えました。

でも、今考えれば、おかしなところはいくつかありました。

「今、階段を修理しているから、二階へは上がれない」と言われたんです。新築なのに修理だなんて、変だなと思いました。

それから……なんと言えばいいのか、姉夫婦がずっと、何かに怯えているような、緊張しているような感じがしたんです。あのときの小さな違和感を、そのままにしてしまったこと、今でも後悔しています。

ふたたび姉と音信不通になったのは、東京の家から帰って二ヵ月後のことでした。

何回電話をかけても繋がらず、ＬＩＮＥも未読のままで、何かあったんじゃないかと心配になって、東京の家に行ってみました。家は、もぬけの殻でした。近所の人に聞くと、数週間前に突然引っ越した、と教えてくれました。

もしかして、姉は何か重大な問題を抱えているのではないか……そんな予感がしました。思い返せば、姉の挙動はずっとおかしかった。近くに住んでいるのに会ってくれなかったこと。たびたび連絡が途絶えること。突然引っ越したこと。姉の身に何かが起こっている。私はいてもたってもいられませんでした。

はじめに、私は長く絶縁状態にあった母に会いに行きました。母なら、姉の行方を知っているかもしれないと思ったんです。でも、母は頑《かたく》なに、何も話してくれませんでした。

警察にも相談しましたが、ただの引っ越しを事件としては扱えない、と門前払いでした。不動産会社も、個人情報だからと何も教えてくれませんでした。

そうなると最後の望みは、姉が住んでいた埼玉の家だけです。もしかして、姉家族は前の家に戻っているのではないか。正直、可能性は低いと思いましたが、もうそれしか当てがありませんでした。

私は、姉が最初に送ってくれた手紙を手がかりに、家を探すことにしました。

住所は書かれていませんでしたが、消印に郵便局の名前が載っています。家はその付近にあるということです。最後に会ったとき、姉は「前の家は売りに出している」と言っていました。調べたところ、その地域で最近売りに出された家は、一つしかありませんでした。さっそく、住所を調べて行ってみると、その場所は更地になっていました。

何の手がかりもなく、途方に暮れていたとき、偶然、あの記事を読みました。

あの間取り図を見た瞬間、心臓が止まるかと思いました。あれは間違いなく、姉の家です。

そして記事の最後に書かれていた「発見された遺体の左手首が見つかっていない」という一節。以前、どこかで似たような話を聞いたことがありました。

宮江恭一さんの事件です。ネットニュースで一度見ただけですが、「手首が切り落とされていた」という内容が、妙に不気味で、印象に残っていました。

調べてみると、宮江さんの家は、姉の家の近くにありました。嫌な予感がしました。

あの記事に書いてあることが本当だったらどうしよう。もしかして、記事を書いた人に埼玉の間取り図を見てもらえば、何か分かるのではないか。そう思ってご連絡をしたんです。でも「住人の妹」と名乗れば、きっと警戒されて会ってくれないだろうと思いました。かといって、無関係な他人を装えば、ただのいたずらだと思われてしまう……そこで、宮江恭一さんの妻を名乗ることにしたんです。本当に失礼なことをしたと思っています。申し訳ありませんでした。

彼女は、声を震わせながら、何度も謝った。

筆者　頭を上げてください。……片淵さん。私のほうこそ、興味本位であのような記事を書いてしまったこと、反省しています。もし、お役に立てることがあったら何でも協力しますので。

片淵　ありがとうございます……

前兆

筆者　しかし、今の話を聞くと、子供の頃のお姉さんの失踪が、すべての発端になっているような気がします。子供がいなくなっただけなら、誘拐や家出、という可能性もありますが、ご両親がそれを黙認していたというのが、ちょっと異常ですね。

片淵　私も、そう思います。

筆者　お姉さんがいなくなる前、何か異変というか予兆のようなものはありませんでしたか？　たとえば、家族の様子がおかしかったとか。

片淵　そうですね……関係があるかは分かりませんが、その一週間前、家族で祖父の家に泊まりに行ったんです。そのときちょっと……

筆者　何かあったんですか？

片淵　はい……。実は私の従弟《いとこ》が、事故で亡くなったんです。でも、それが……私にはどうしても不自然に思えて仕方ありませんでした。というのも――

——そのとき、店員が空いたコップを下げに来たので、片淵さんは話を止めた。ポケットの中でスマホが振動する。見ると、栗原さんからメッセージが届いている。
「無事ですか？　終わったら、話聞かせてください」

——私はあることを考えた。

筆者　あの、もしよろしければ、今から栗原さんと会いませんか？　彼にその話をすれば、何か手がかりを見つけてくれるかもしれません。
片淵　いいんですか？　ご迷惑でなければ、ぜひ。

＊＊＊

店を出ると、栗原さんに電話をかけ、その旨を伝えた。彼は快諾してくれたが「私の汚い部屋に女性を呼ぶわけにはいかないから」と言って、ある場所を指定した。私たちはその場所へ向かった。

レンタルスペース

待ち合わせ場所は、下北沢の駅前にある雑居ビルだった。看板には「レンタルスペース有り」と書かれている。

私たちが到着して数分後、普段より整った格好をした栗原さんがやってきた。三人それぞれ挨拶を交わす。栗原さんは少し、片淵さんを警戒しているようだった。彼はまだ、彼女の嘘の理由を知らない。不安に思うのも当然だ。だからこそ、家に呼ぶのを避けたのだろう。

窓口で手続きを済ませると、私たちは四階にある貸し会議室に案内された。三人で一つのテーブルを囲む。まずは、栗原さんにこれまでの経緯を説明しなければいけない。

私が概要を話し、片淵さんがそれを補足する。栗原さんはメモを取りながら聞いている。

栗原　なるほど……そういうことだったんですね。

片渕　騙すようなことをして、申し訳ありませんでした。

栗原　いえいえ。でも、これでやっと安心しました。「宮江さん」ではなく「片渕さん」なんですね？

片渕　はい。

栗原　では、さっそく聞かせていただけますか？　例の、おじいさんの家で起きた事故の話。

片渕　分かりました。

2006	祖父母の家で従弟が事故(?)死 姉失踪
2007	父親 自損事故死 母親 再婚
2014	柚希独立
2016	姉から手紙
2017	姉 ひろとを出産
2018	姉家族 東京に引っ越し
2019	柚希 姉の家を訪問 姉家族 失踪

第三章　記憶の中の間取り

シンメトリーの家

片淵　あれは、二〇〇六年の八月でした。家族で〇〇県（事情により詳細は伏せる）にある父の実家に泊まりに行ったんです。そこは山の中腹を切り開いた、広い敷地にぽつんと建つ古民家でした。周りには、ペンションが数軒あるくらいで、人はほとんど住んでいなかったと思います。

毎年、夏休みに帰省するのが恒例になっていたのですが、私は、そこに行くのがあまり好きではありませんでした。というのもその家、すごく不気味な家だったんです。言葉では説明しづらいので、間取り図をお見せします。

――片淵さんはハンドバッグを開けると、一枚の紙を取り出した。それは鉛筆で手描きされた間取り図だった。

筆者　これ、片淵さんが描いたんですか？

片淵　はい。ネットで図面の描き方を調べながら、子供の頃の記憶をたよりに、描いてみました。部屋の大きさは適当ですし、素人が描いたものなので、お見苦しいとは思いますが。

――片淵さんは少し恥ずかしそうに言った。栗原さんは紙を手に取り、じっくりと眺める。

栗原　いや、なかなかしっかりした間取り図ですよ。よくここまで覚えていましたね。

片淵　私、記憶力はあまりいいほうではないのですが、この家の間取りは特徴的だったので、頭に残っているんです。

——中央に長い廊下の通った、左右対称の家。たしかに特徴的だ。実はこの形には理由があるのだが、それは後に判明することになる。片淵さんは図面を見ながら、記憶をたどるように、内装の説明をはじめた。

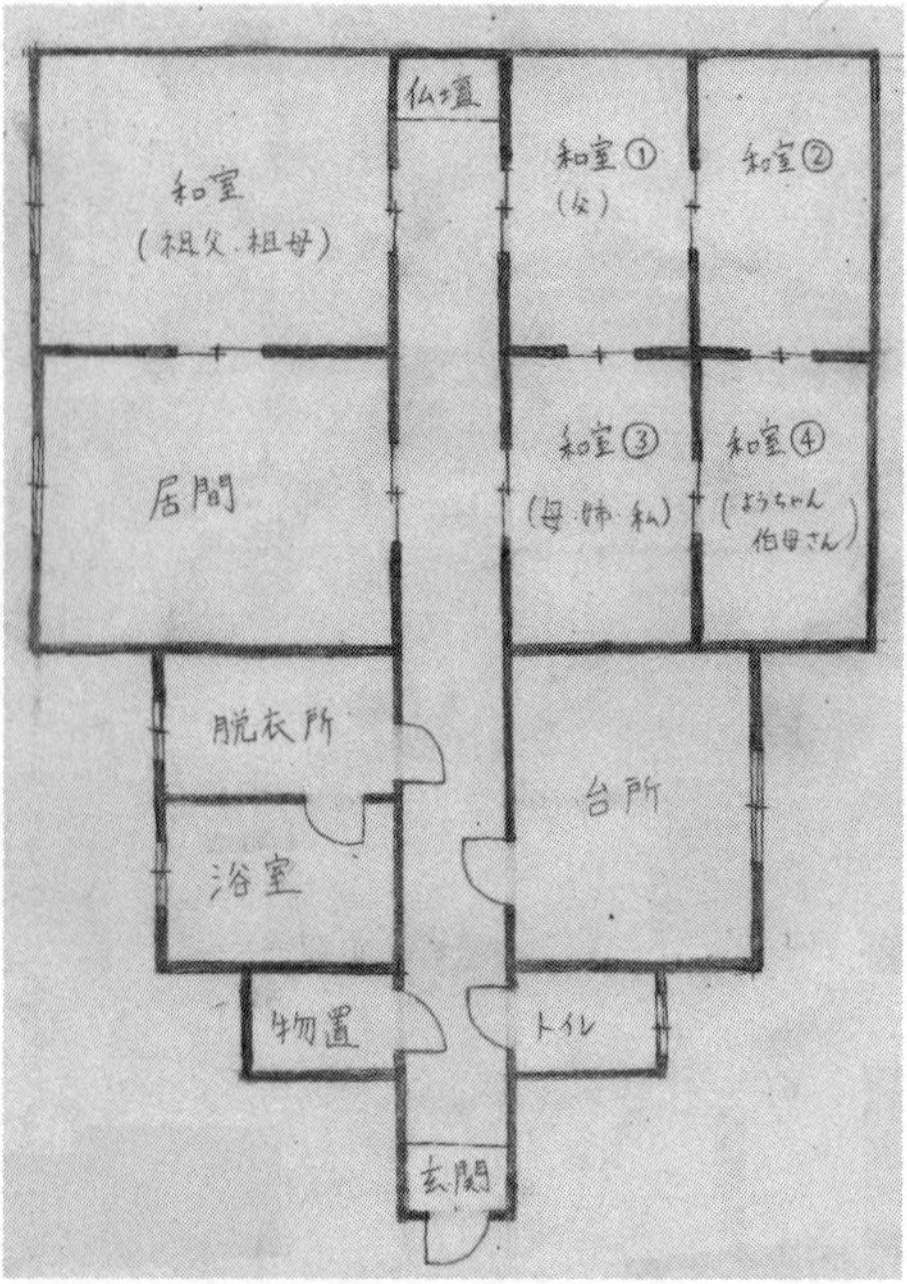

片渕　玄関から中に入ると、正面に薄暗い廊下が延びていて、奥には大きな仏壇が見えました。部屋は手前から、物置、トイレ、浴室、台所、と続いて、奥は畳敷きの和室になっていました。

向かって左側の居間は、みんなが集まって食事をする部屋で、その隣は祖父と祖母の部屋でした。祖父は重治《しげはる》、祖母は文乃《ふみの》といって、一日の大半をこの部屋で過ごしていたようです。

右側の部屋は、四つに区切られていて、それぞれ六畳ほどの大きさでした。部屋に付いている番号は、説明しやすいように私が適当に振ったものです。

①の部屋は父が、③は私と姉と母が寝泊まりするのに使っていました。②は空き部屋で、④は伯母の美咲《みさき》さんと、その子供、ようちゃんの部屋でした。

筆者　ようちゃんというのは、もしかして事故で亡くなった従弟《いとこ》のことですか？

片渕　そうです。私より三つ下の男の子で、本名は「洋一《よういち》」といいました。

——私は図面の中に、ようちゃんの父親の部屋がないことが気になった。

筆者　ちなみに、ようちゃんのお父さんは？

片淵　その半年前に、病気で亡くなりました。公彦《きみひこ》さんといって、この家の長男でした。結婚してからも実家に住んで、祖父母の面倒を見ていたようですが、ずっと心臓が悪かったらしくて……。もうすぐ子供が生まれるというときに、無念だったと思います。

筆者　子供……？

片淵　実は当時、伯母の美咲さんのお腹には、赤ちゃんがいたんです。もうだいぶ大きくて、いつ生まれてもおかしくない、という段階でした。

筆者　公彦さんの忘れ形見、ということですね。

片淵　はい。妊娠中に旦那さんが亡くなって、伯母さんは相当つらかったと思います。それが、ようちゃんまであんなことになるなんて……

——父親が病死した半年後に、長男が事故死。偶然だとしても、何か因果めいたものを感じる。

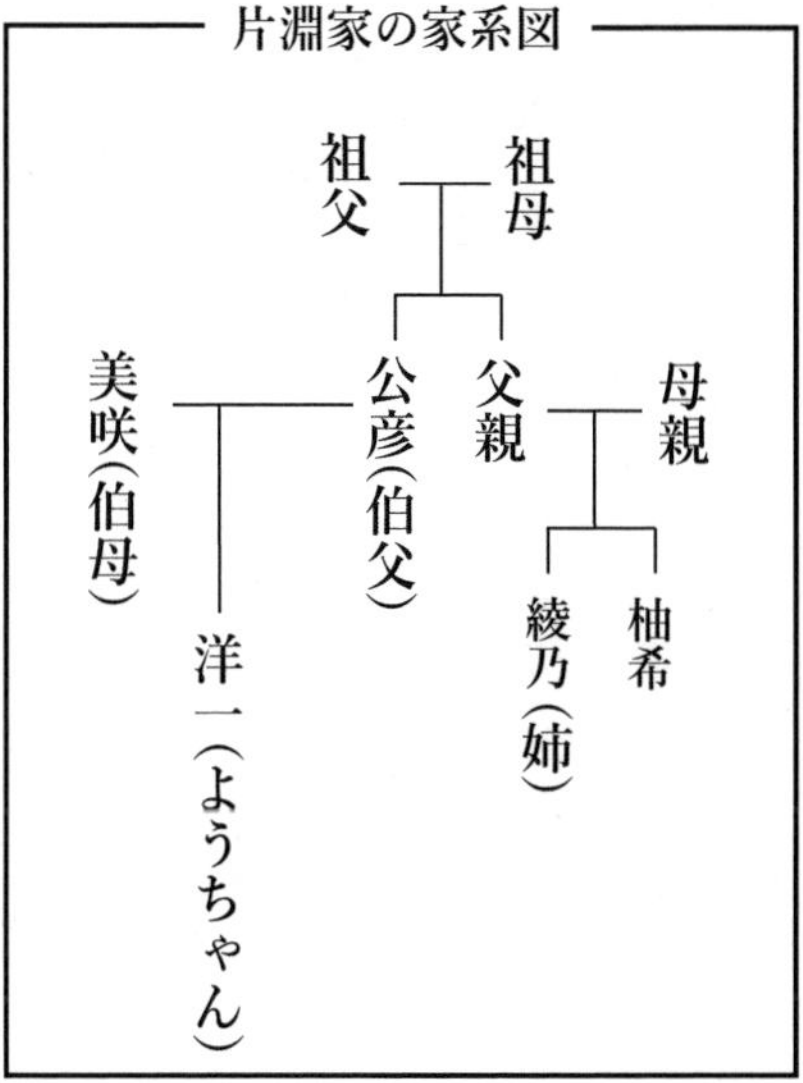

——そのとき、栗原さんがあることを指摘した。

栗原　片淵さん。ようちゃんの部屋には窓がないんですか？

筆者　え？

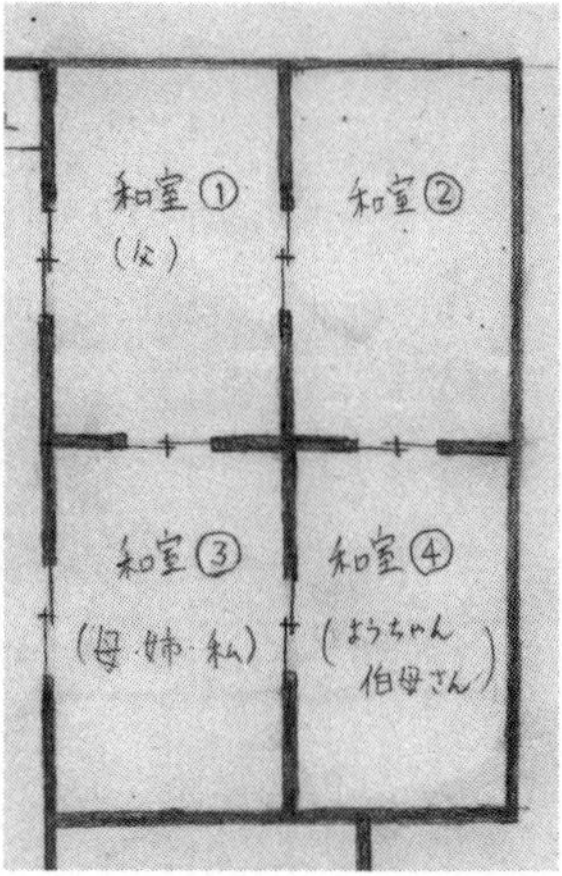

——見るとたしかに、④の部屋には窓の記号が描かれていない。いや、それだけではない。

筆者 右側の四つの和室、どれも窓がないですね。

片淵 はい。これを書いているときに思い出したんです。そういえば、昼間でも電気を消すと真っ暗だったな、って。子供の頃は、それが取り立てておかしいことだとは思わなくて、ずっと忘れていたのですが……

栗原　「窓のない部屋」というと、どうしてもあの**二つの家**を連想してしまいますね。何か関係があるんでしょうか。

片淵　私もそう思いました。でも、どんなに思い返しても窓がないこと以外、おかしなところは……抜け穴も、開かずの間も、もちろん、誰かが閉じ込められているような気配もありませんでした。ただ……

栗原　ただ……？

片淵　一箇所だけ、**開かないふすま**があったんです。

――片淵さんは、①と②の部屋の間を指さした。

片淵　ここのふすまだけが、どんなに引っ張っても開かなかったんです。鍵がかかっているのかと思ったんですが、鍵穴らしきものはどこにも見当たりませんでした。

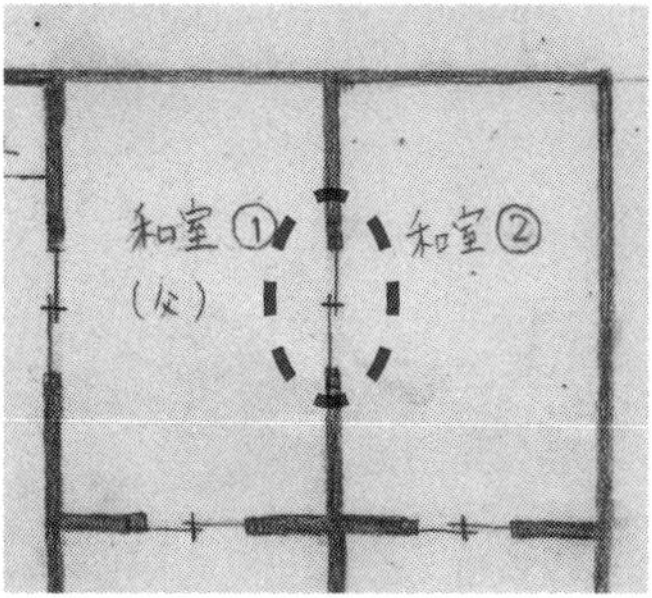

筆者　ちなみに、他のふすまは？

片淵　他はすべて、問題なく開閉できました。

筆者　では、どこかの部屋に入れない、というようなことはなかったんですね。

片淵　はい。ただ、②の部屋に入るには、③と④を経由しなければいけなくて、それが不便なためか、②の部屋はずっと使われていなかったみたいです。

栗原　「ずっと」ということは、このふすまは昔から開かなかったんでしょうか。

片淵　そうみたいです。ただ、相当古い家なので、それがいつからなのかは、よく分かりませんが。

筆者　そういえばこの家、いつ頃建てられたんですか？

片淵　昭和の初め頃だと聞いています。

筆者　ずいぶん歴史があるんですね。

片淵　はい……実はこの家、もともとはお屋敷の一部だったんです。

筆者　お屋敷!?

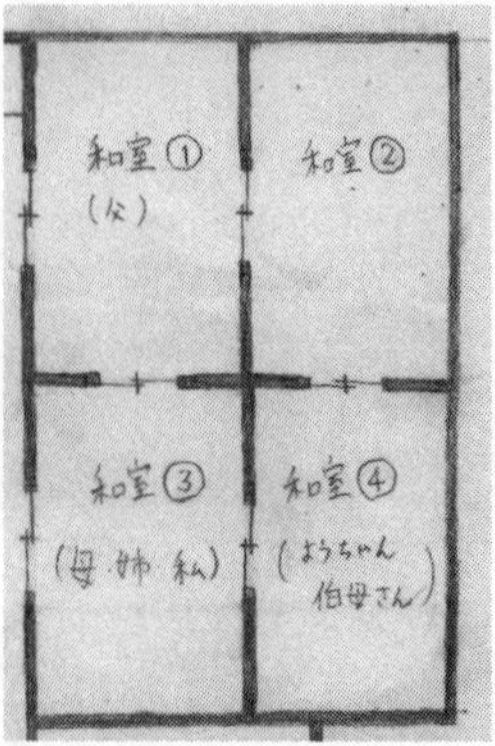

――「少し脱線しますが」と前置きをして、片淵さんはこの家が作られた経緯を話してくれた。

片淵　これは祖父から聞いた話なんですが、片淵家は戦前、複数の事業で財を築き、最盛期には大きなお屋敷に使用人をたくさん雇うほど栄えていたそうです。ところが、ある代の当主が突然、事業の運営権を他の人に譲り渡し、敷地の隅に離れ座敷を建てて、そこに引きこもるようになったといいます。それから家は徐々に衰退していき、昭和中頃には、お屋敷もほとんど取り壊されてしまったそうです。
以降、片淵家の子孫は、唯一残された離れ座敷を改築して、細々と暮らしてきたと聞きました。

筆者　その離れ座敷がこの家、ということですか。

片淵　はい。その当主が、妙な宗教にはまっていたらしく、左右対称なのは、その教えに従ったからなんだそうです。

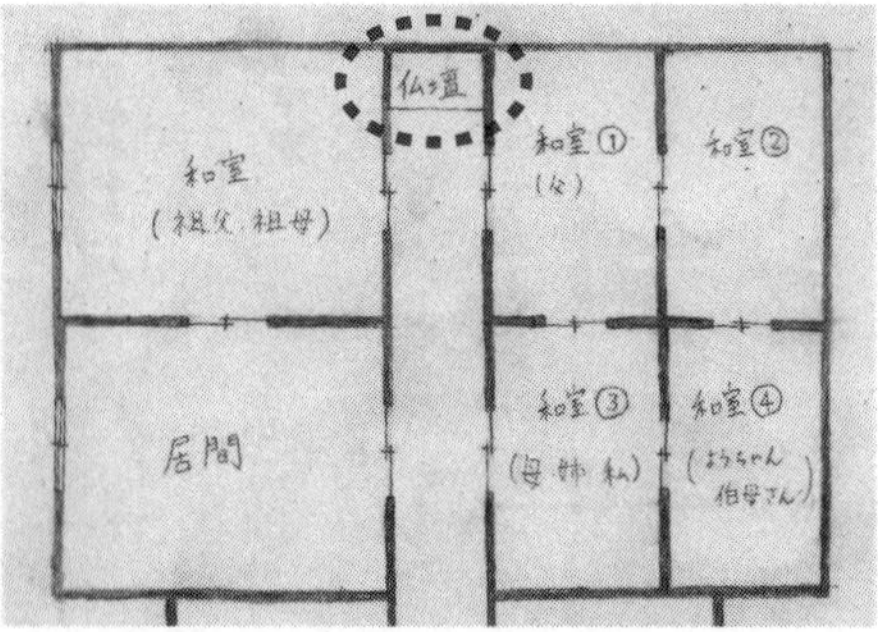

栗原　しかし、引きこもって、宗教にはまるなんて、その人に何があったんでしょうか。

片淵　なんでも、奥さんが早くに亡くなったらしく、それが原因で心を病んでしまったそうです。もしかしたら、離れ座敷は、奥さんの供養のために建てられたものだったのかもしれません。

奥に仏壇がありますよね。この仏壇、奥さんを祀《まつ》ったものだそうです。廊下の幅と同じ大きさで、少しの隙間もなく、この場所にぴったり納まっていました。家の寸法に合わせて、仏壇を作ったのか、それとも仏壇に合わせて家を作ったのか分かりませんが、この家自体が、巨大な仏間のようなものだったのではないかと思うんです。

――巨大な仏間……たしかにこの仏壇、まるで家の主であるかのように、中央に鎮座している。

片淵　私が祖父の家に行きたくなかったのは、この仏壇が怖かったからなんです。とにかく不気味な仏壇でした。見上げるほど大きくて、異様に黒光りしていて、家の中でこれだけが異物のようでした。祖父は足が悪く、ほとんど寝たきりだったのに、仏壇の手入れだけは毎日欠かさなかったようです。一度、祖父に言われて掃除を手伝ったことがあるのですが、そのときはじめて仏壇の「中」を見ました。

普段は閉まっている観音扉の中には、見たことのない仏具と曼荼羅《まんだら》模様の大きな絵が飾ってあって、それがなんともいえず不気味だった記憶があります。実は……

——そこで片淵さんは言いよどんだ。数秒間の沈黙が流れたあと、彼女は暗い声で言い直した。

片淵　実は、**ようちゃんはこの仏壇の前で亡くなったんです。**

ようちゃんが死んだ場所

筆者　仏壇の前で？

片淵　はい。あれは、私たちが泊まりに行って、三日目の朝でした。たしか、午前五時頃だったと思います。美咲伯母さんが、取り乱した様子でみんなを起こしに来たんです。言われるまま廊下に出ると、ようちゃんが仏壇の前で、仰向けで倒れていました。顔が真っ白で、頭には黒く固まった血が付いていました。体に触れると、ひんやりと冷たくて……直感的に「ようちゃんはもう生きてない」ということが分かりました。

その後、かかりつけの先生が来て、正式に死亡診断を受けました。美咲伯母さんが「もっと早くに気づいていれば」と泣き崩れていた姿が、今も頭に焼き付いています。

筆者　状況から考えると、ようちゃんは仏壇から転落して亡くなった……ということでしょうか？

片淵　そう思いますよね。家族もみんな、同じことを言っていました。「いたずらで仏壇に上ろうとして、その途中で足を踏み外して落ちてしまったんだろう」って。

でも私には、それがどうしても不自然に思えたんです。というのもこの仏壇、子供が自力で上れるような高さではなかったんです。

――片渕さんは間取り図の端に、鉛筆で絵を描いた。

片渕　たしか、中段の高さが、当時の私の肩と同じくらいだったので、一メートル以上はあったかと思います。その下には足をかけるような場所もなくて、少なくとも私には上れないと思いました。私より背が低くて、運動が苦手だったようちゃんが、一人であの仏壇に上れたとは思えません。

筆者　なるほど。

片淵　それに、ようちゃんは仏壇をとても怖がっていたんです。私もそうですが、ようちゃんの怖がり方は少し異様でした。廊下に出るときは、そっちのほうを見ないようにしていたほどです。そんなようちゃんが、自分から仏壇に上ろうとしたなんて……ちょっと考えられません。

栗原　家族の中で、そのことを指摘した人はいなかったんですか？

片淵　はい。みんな、事故と信じて疑わない様子でした。それどころか、私が気づいたことを言おうとしたら「子供は黙ってなさい」と怒られて、聞き入れてもらえなかったんです。

栗原　ちなみに、お医者さんはなんと言っていたんですか？

片淵　詳しいことは覚えていないのですが、頭を打ったことで、脳に傷がついた、という内容だったと思います。

筆者　いわゆる脳挫傷《のうざしょう》ですね。

栗原　死因を疑うようなことは？

片淵　何も言っていませんでした。でもそのお医者さん、足どりもおぼつかない、おじいさんの先生で、言葉も若干しどろもどろで……どこまで信用していいかは、正直分かりません。

栗原 ちなみに、警察は？

片淵 来ませんでした。一度だけ、美咲伯母さんが「警察を呼んで現場検証をしてもらったほうがいいのでは」と提案していましたが、みんなに反対されて、結局、諦めたようでした。もしかしたら、伯母さんだけは、ようちゃんの死因がおかしいことに、気づいていたのかもしれません。

筆者 家庭内であっても死亡事故が起きた場合は、警察を呼ぶのが普通なんですけどね。どうしてみんなは、反対したんでしょうか？

片淵 分かりません……。でも、なんというか、家族みんなが、何かを隠しているような、そんな雰囲気を感じました。

栗原 警察を呼ばれると困る理由でもあったんでしょうか。

片淵 ……………

筆者 ……………

――三人とも口にこそ出さなかったが、**その可能性**を考えていることは明らかだった。事故死でないとしたら、自殺、もしくは**殺人**。片淵さんの話を聞くかぎり、家族の様子は明らかにおかしい。誰かをかばっているということだろうか。ではいったい誰を、何のために……？

時間の謎

栗原　医者は信用できない、現場検証も行われていないとすると、手がかりは片淵さんの記憶だけですね。片淵さん、ようちゃんが亡くなる前日のことを、教えていただけますか？

片淵　はい。その日は、朝からみんなで公彦伯父さんのお墓参りに行きました。みんな、といっても祖父は留守番でしたが。帰りに買い物をしたり、公園に寄ったりしたので、帰ってきたのは夕方でした。
それからみんなで夕飯を食べて、順番にお風呂に入って、そのあとは各自、部屋で過ごしました。私と姉とようちゃんは③の部屋でゲームをしていました。

しばらくすると、ようちゃんは眠くなったようで、自分の部屋（④）に戻ったんですが、今思えば、それがようちゃんを見た最後でした。

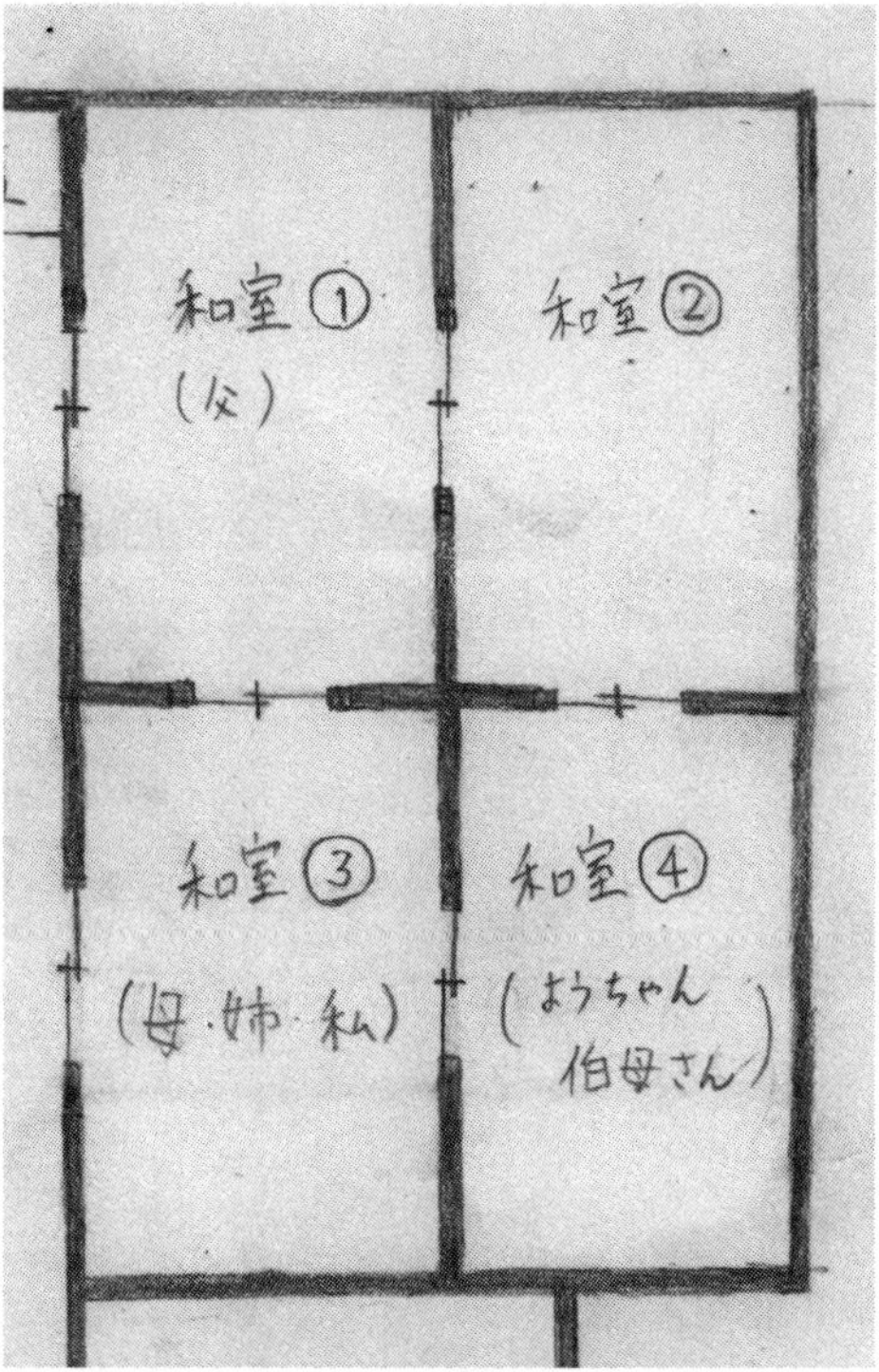

栗原　それは、何時頃だったか覚えていますか？

片淵　たしか……テレビでNHKの夜のニュースが流れていたので、九時少し前だったと思います。それから三〇分くらい、姉とゲームの続きをしましたが、母に「もう寝なさい」と言われて、しぶしぶ布団に入りました。姉はすぐに寝てしまいましたが、私は妙に目が冴えて、全然眠れませんでした。結局、朝の四時頃まで、布団の中で起きていました。

栗原　その間、何か異変はありませんでしたか？　たとえば、誰かが部屋の中に入ってきたりとか。

片淵　いいえ、私が起きている間は、何もありませんでした。

栗原　そうですか……

——栗原さんは少し考えたあと、ペンで間取り図を指しながら、こう言った。

栗原　片淵さん、①と②の間のふすまは開かないんですよね。

片淵　はい。

栗原　ということは、ようちゃんが廊下に出るには、片淵さんのいる部屋を通らないといけないことになります。でも、片淵さんが起きている間、誰も部屋に入ってこなかった。つまり、ようちゃんが亡くなったのは、片淵さんが寝た四時以降ということです。遺体が発見されたのが五時ですから、死亡推定時刻は四時から五時までの間といえます。

——私は栗原さんの言葉に、違和感を覚えた。前の話と何かが矛盾している。数分前の記憶をたどり、あることに思い至った。

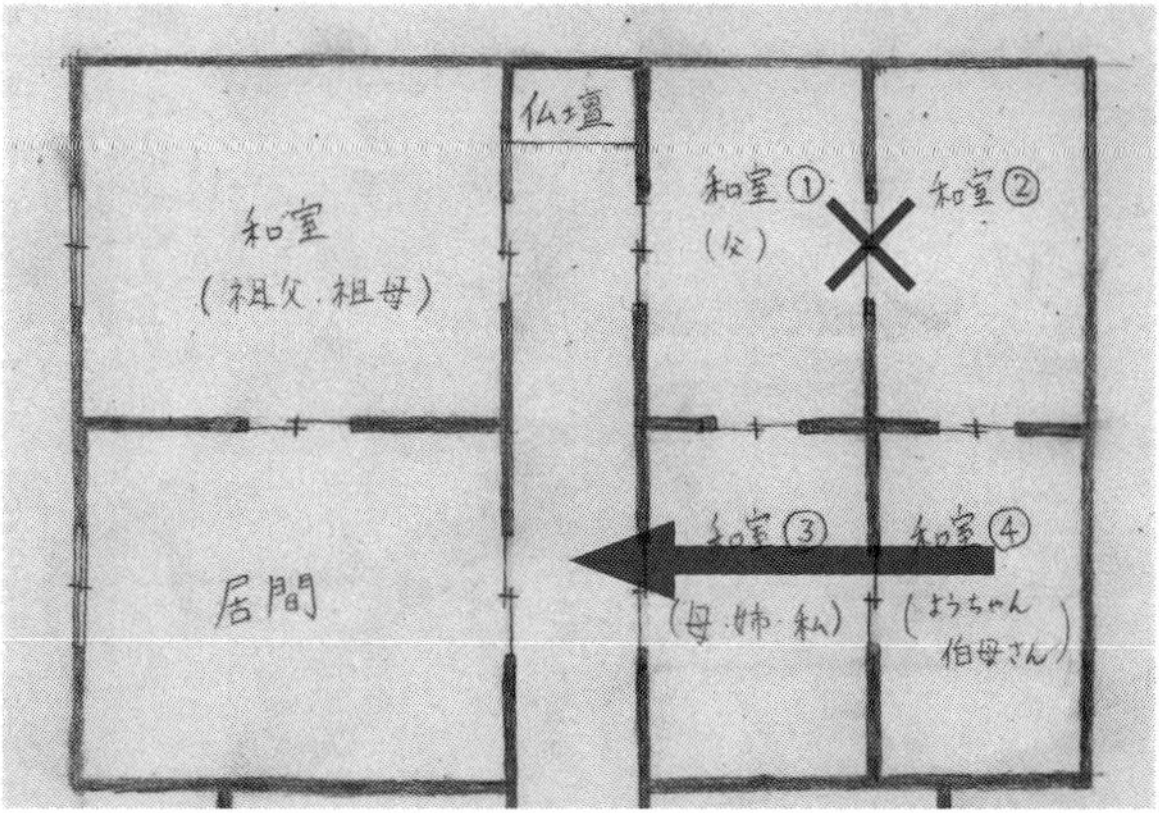

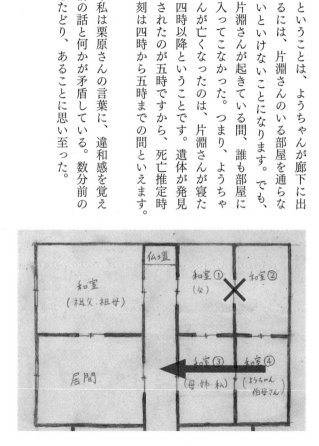

筆者　すみません、片淵さん。ようちゃんの遺体が発見されたときの話で「体に触れると、ひんやりと冷たくて」とおっしゃいましたよね。

片淵　はい。

筆者　以前、外科医に取材したときに聞いたんですが、人間の体は死後、冷たくなるまでに、一定の時間がかかるそうです。よほどの出血がないかぎり、だいたい**二時間程度**はぬくもりが残ると聞きました。ようちゃんの出血はどのくらいでしたか？

片淵　頭の傷口から少し出ている程度で、量はそこまで……え？　ということは……

筆者　ようちゃんが亡くなったのは、遺体発見の二時間以上前、つまり、**三時以前**ということになります。

片淵　でも……

栗原　その時間、ようちゃんは部屋の中にいたはずですから、矛盾しますね。

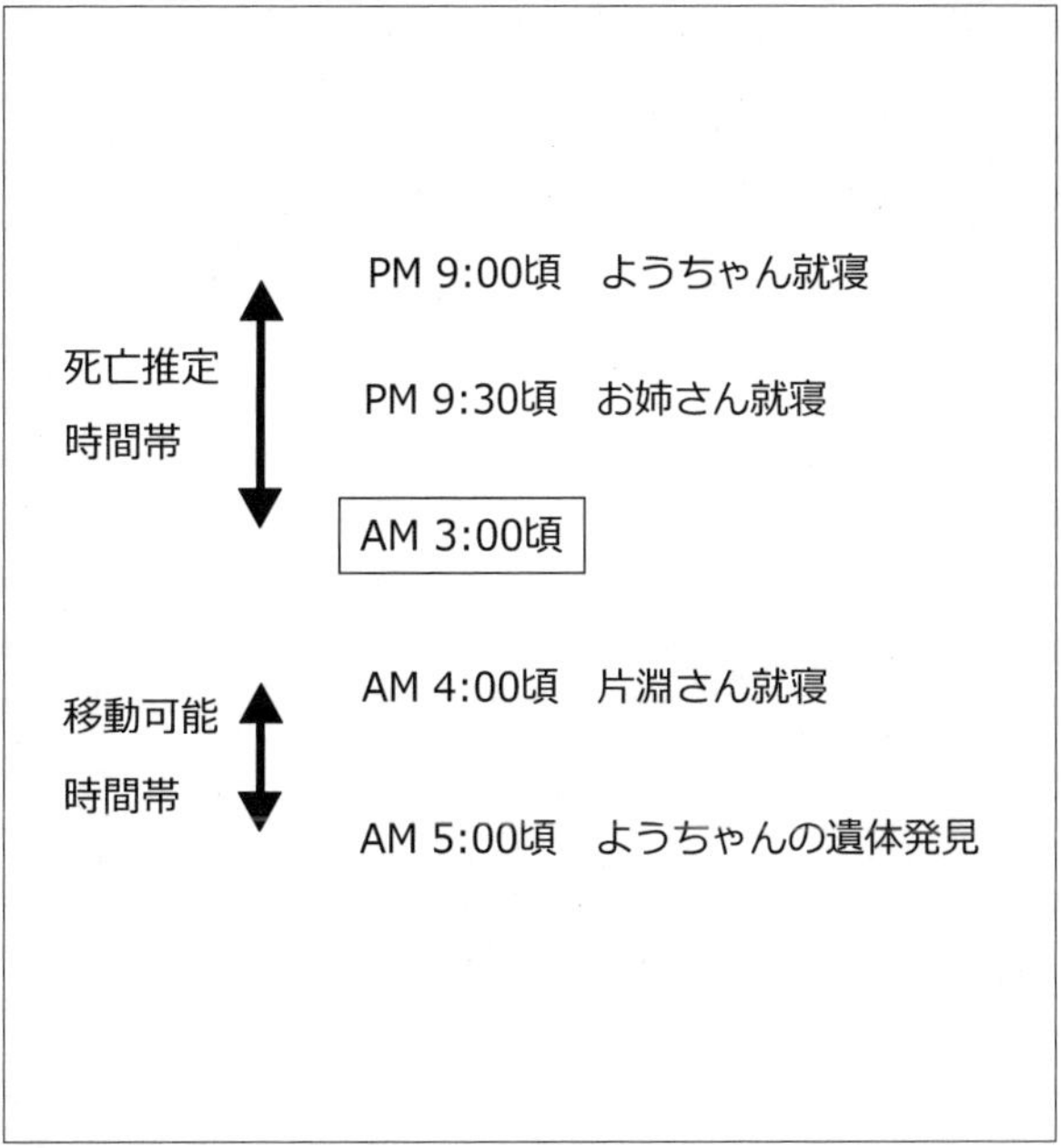
PM 9:00頃　ようちゃん就寝
死亡推定
時間帯
PM 9:30頃　お姉さん就寝
AM 3:00頃
AM 4:00頃　片淵さん就寝
移動可能
時間帯
AM 5:00頃　ようちゃんの遺体発見

——ようちゃんは片淵さんの部屋を通らずに、仏壇のある廊下に移動したことになる。どうやって？　私たちは間取り図を見つめながら、しばらく考え込んだ。

栗原　…………一つだけ可能性があります。

片淵　え？

栗原　たしかに、ようちゃんが仏壇から落ちて亡くなった、と考えれば時間的な矛盾が生まれる。でも、ようちゃんが亡くなったのが**部屋の中だった**としたら、どうでしょうか。

筆者　部屋の中？

栗原　三時以前、ようちゃんは自分の部屋の中で、頭を打って亡くなった。そして四時以降、誰かがようちゃんの遺体を、仏壇の前に運んだ。これなら辻褄《つじつま》が合います。

筆者　たしかにそうですが……誰が何のためにそんなことを？

栗原　おそらく、犯人が死因を偽装するためです。

——犯人……つまり……

筆者　やっぱり、これは事故ではなく、殺人事件ということですか。

栗原　確証はありませんが、そう考えるしかないでしょう。
犯人は④の部屋で、鈍器のようなものでようちゃんの頭を殴り、殺害した。そのまま放置し、四時から五時までの間に、仏壇の前に遺体を置いて、転落事故のように見せかけた。

片淵　なるほど……

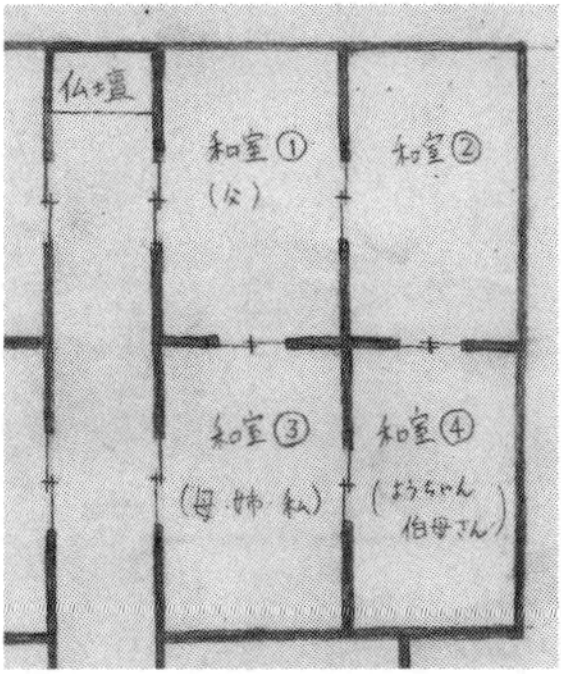

栗原　……と、言いたいところですが。

筆者　え？

栗原　自分で言っておいてなんですが、今の推理は完璧ではありません。**二つの不備**があるんです。一つは犯人。この理屈でいくと犯人は、ようちゃんと同じ部屋にいた、美咲伯母さんということになります。「母親だから犯人ではない」とは言い切れませんが、家族の中で唯一、警察を呼ぼうとした伯母さんが、犯人である可能性は低いです。

そしてもう一つが、音の問題です。ようちゃんが部屋で撲殺《ぼくさつ》されたとしたら、近くにいた片淵さんに、その音が聞こえているはずです。片淵さん、そんな音聞こえましたか？

片淵　いいえ、ずっと静かでした。

筆者　ということは……

栗原　ようちゃんが亡くなったのは、部屋の中ではない、ということです。私の推理は半分不正解。でも、**犯人が死因を偽装するために、遺体を仏壇の前に置いた、**という点は間違っていないと思います。

まとめるとこうです。犯人は、ようちゃんを部屋から連れ出し、家のどこかで殺害。その後、遺体を仏壇の前に置いた。問題は、どうやって部屋から連れ出したか、そして、どこで殺害したかですね。

——そのとき、片淵さんが何かを思い出したようなそぶりを見せた。

片淵　そういえば……祖母が夜中に、物音を聞いたと言っていました。

筆者　物音？

片淵　はい。「夜中の一時頃、隣の部屋で『ドン』という音がして目が覚めた。様子

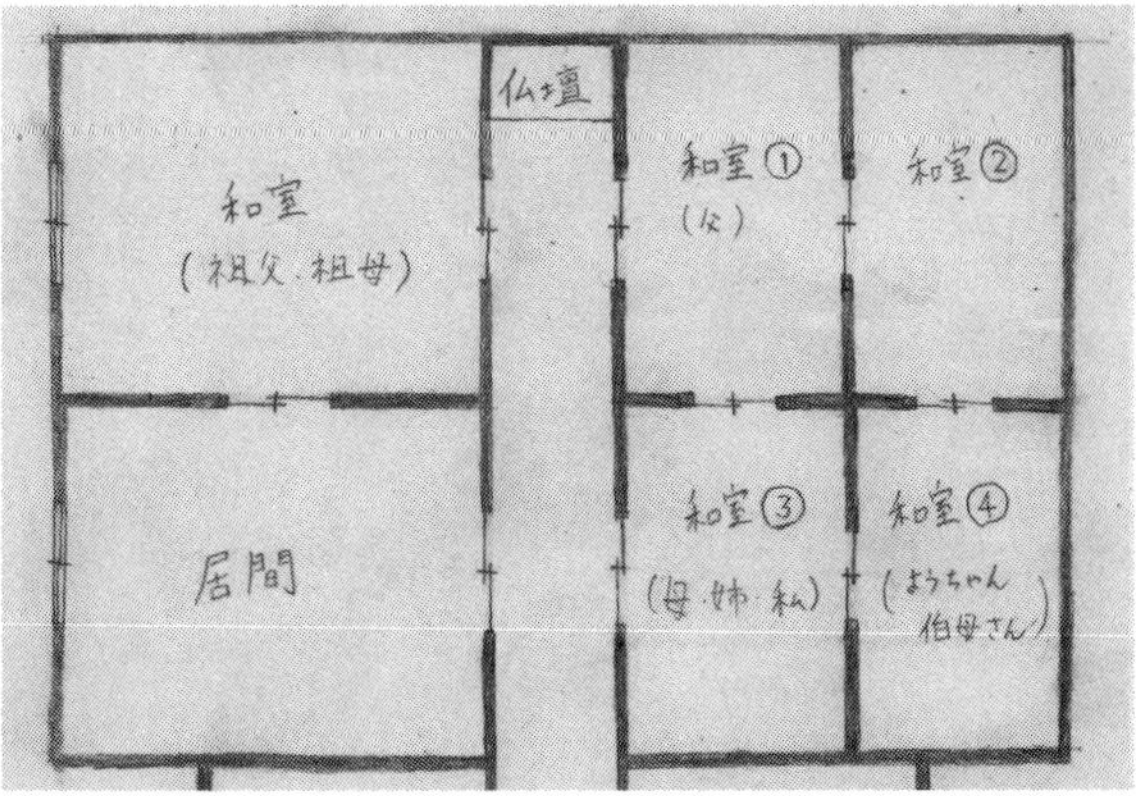

を見に行ったけど、特に異変はなかった。そのとき、仏壇のそばには誰もいなかった」と言っていました。仏壇に誰もいなかったなら、ようちゃんの事故には関係ないと、あまり気にしていなかったんですが。

栗原　「隣の部屋」というのは、居間のことでしょうか。

片淵　たぶん、そうだと思います。

——なんだろう。私はおばあさんの言葉に、妙な引っかかりを感じていた。図面を眺める。

ある部分が目に留まる。

筆者　あの、どうしておばあさんは居間に行

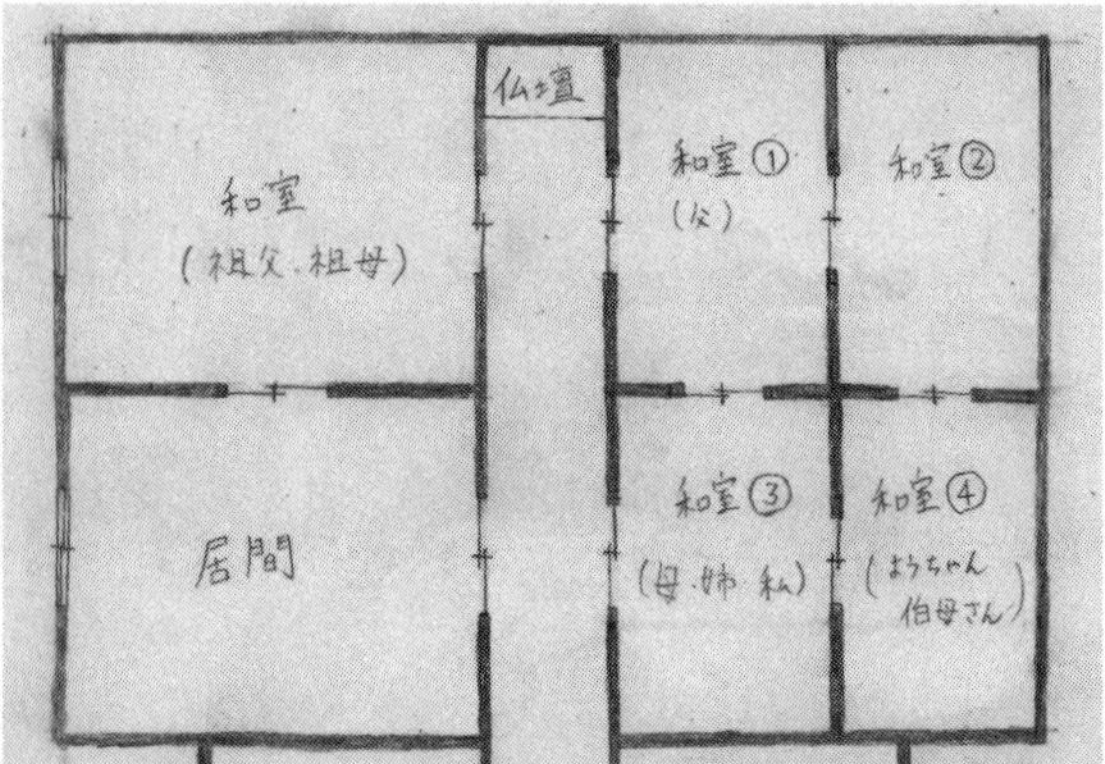

くのに、わざわざ廊下を通ったんでしょうか。

片淵　え？

筆者　おばあさんは隣の部屋に様子を見に行くとき、「仏壇のそばに誰もいない」ことを確認しているんですよね。つまり、一度廊下に出たということです。おばあさんの部屋と居間の間にはふすまがあります。

部屋から直接、居間に行けるのに、わざわざ廊下を通るのはおかしい気がするんです。

片淵　たしかに……。じゃあ、もしかして「隣の部屋」というのは、右側の和室のことだったんでしょうか。

筆者　だとすると、①の部屋、つまりお父さんが寝ている部屋がそれにあたります。それなら、おばあさんの発言に対して、お父さんが何か言うはずだと思うんですよ。

片淵　そうか。

筆者　栗原さん……どう思いますか？

——栗原さんは無言で、間取り図をにらむように見つめている。そしてしばらくの後、静かにこう言った。

栗原 いいところに気づきましたね。たしかにそのとおりです。「隣の部屋」とは、居間でも、右側の和室でもないんです。

片淵 でも、それ以外に「隣の部屋」と呼べるものはこの家には……

栗原 **この間取り図には描かれていない部屋**だったのではないでしょうか。

片淵 え？

隠された部屋

筆者 描かれていない、ってどういう意味ですか？

栗原 これはあくまで「片淵さんの記憶の中にある間取り」です。片淵さんに見えていなかったもの、**隠されていた部屋**は描かれていないんです。

筆者 この家には隠し部屋があった……と？

栗原　今までの話を合算すると、そうとしか考えられません。

——栗原さんは、鉛筆を持つと、間取り図に一本の線を描き足した。

筆者　これは……

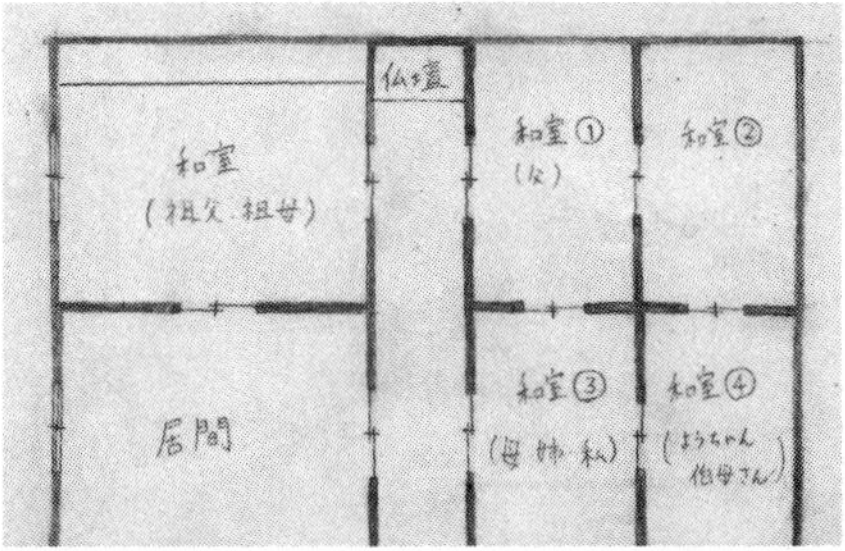

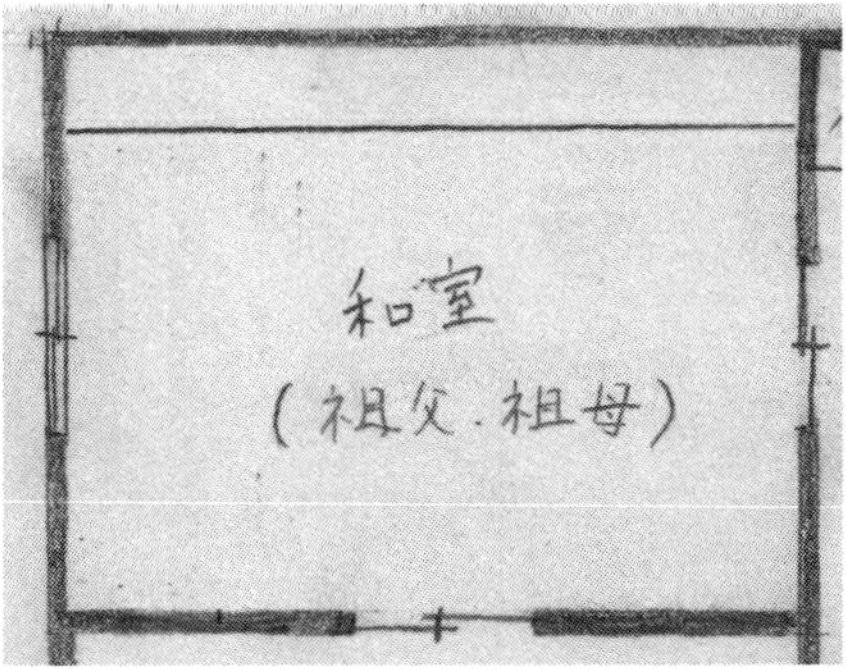

栗原 おばあさんの部屋の隣には、壁で仕切られた隠し部屋があったのではないでしょうか。

筆者 たしかに「隣の部屋」ではありますけど、どうしてこの位置なんですか？

栗原 簡単です。四角い部屋において、「隣の部屋」は四つしか存在しない。

東・西・南・北の四つです。

おばあさんの部屋には、一つを除いて、すべてにふすま、もしくは窓がある。隠し部屋があるとすれば、ふすまも窓もないこの位置だけです。

筆者 でもこれ、何の部屋なんでしょうか。

片淵 ……………監禁部屋。

筆者 え？

片淵 もしもこの家が、東京・埼玉の家と**同じ目**

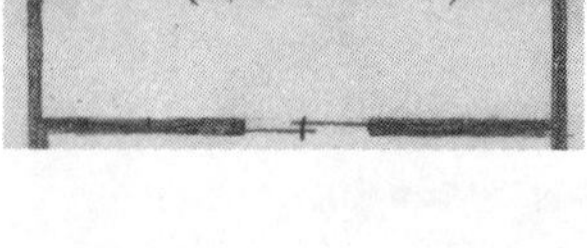

的で作られたものだったとしたら、どこかに監禁部屋があるはずです。

栗原　私も同意見です。そして、監禁部屋には「Aくん」と同じ境遇の子供が閉じ込められていた。

——Aくん……殺人のためだけに育てられた子供。つまりこの家も……。そう考えると自《おの》ずと、ようちゃんがひろとちゃんに重なる。

筆者　まさか、その子供がようちゃんのことを？

栗原　いや、その可能性は低いです。監禁されている子供が、部屋から抜け出して、ようちゃんを殺害し、仏壇の前に遺体を置く……ちょっと考えられません。おそらく、誰かが何らかの目的で、ようちゃんを監禁部屋まで連れて行き、そこで殺害したんだと思います。

筆者　しかし、この部屋、どうやって出入りするんでしょうか。

栗原　おばあさんは「隣の部屋」に行くために、一度廊下に出た。つまり、入り口は廊下のどこかにあるということです。廊下において、隠し部屋に隣接する場所は一つしかありません。**仏壇**です。

片淵　え⁉

栗原　片淵さん、先ほど仏壇について、「廊下の幅と同じ大きさで、少しの隙間もなく、この場所にぴったり納まっていました」とおっしゃいましたよね。この仏壇、本来はこのようになっていたのではないでしょうか。

――栗原さんは、間取り図を描き直した。

筆者　仏壇の後ろに、隙間が……？

栗原　隠し部屋に繋がる扉を、仏壇で隠していたんです。仏壇は「見上げるほど高かった」んですよね。子供だった片淵さんには、奥の隙間が見えなかったんです。

片淵　でも、どうやって入り口まで行くんでしょうか。仏壇をよじ上って乗り越えるなんて、祖母にはとてもできないと思うんですが。

栗原 たしか、仏壇の中には、曼荼羅模様の大きな絵が飾ってあったんですよね。その絵の後ろに、隠し扉があったのではないでしょうか。扉をくぐり、仏壇の後ろに行き、監禁部屋まで行くことができた。そして、この構造を知っている人間が、ようちゃんをこの場所に連れて行き、撲殺した。

筆者 どうして、わざわざここで？

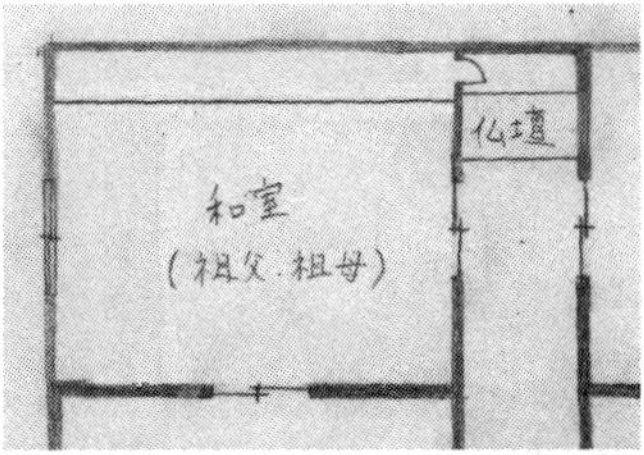

栗原　その理由こそが、この事件、そしてこの家の謎を解く鍵なんです。

本当の姿

栗原　順序立てて考えましょう。

夜中の一時頃、犯人は寝ているようちゃんを部屋から連れ出した。問題は③の部屋を通らずに、どうやって④の部屋に侵入したかです。犯人はこの家の仕組みを利用したんです。

この家の仕組み……すなわち、**殺人屋敷**としての仕組みです。東京・埼玉の家には、監禁部屋から殺人現場に繋がる、裏ルートがありました。この家にも、同じものがあったんです。では、この家における「**殺人現場**」はどこか。

片淵さん。たしか、②の部屋はずっと使われていなかったんですよね。

片淵　はい。

栗原　私はそれがどうしても気になるんです。④の部屋には、ようちゃんと伯母さんが暮らしていた。ようちゃんもそれなりに大きかったんだから、②を勉強部屋

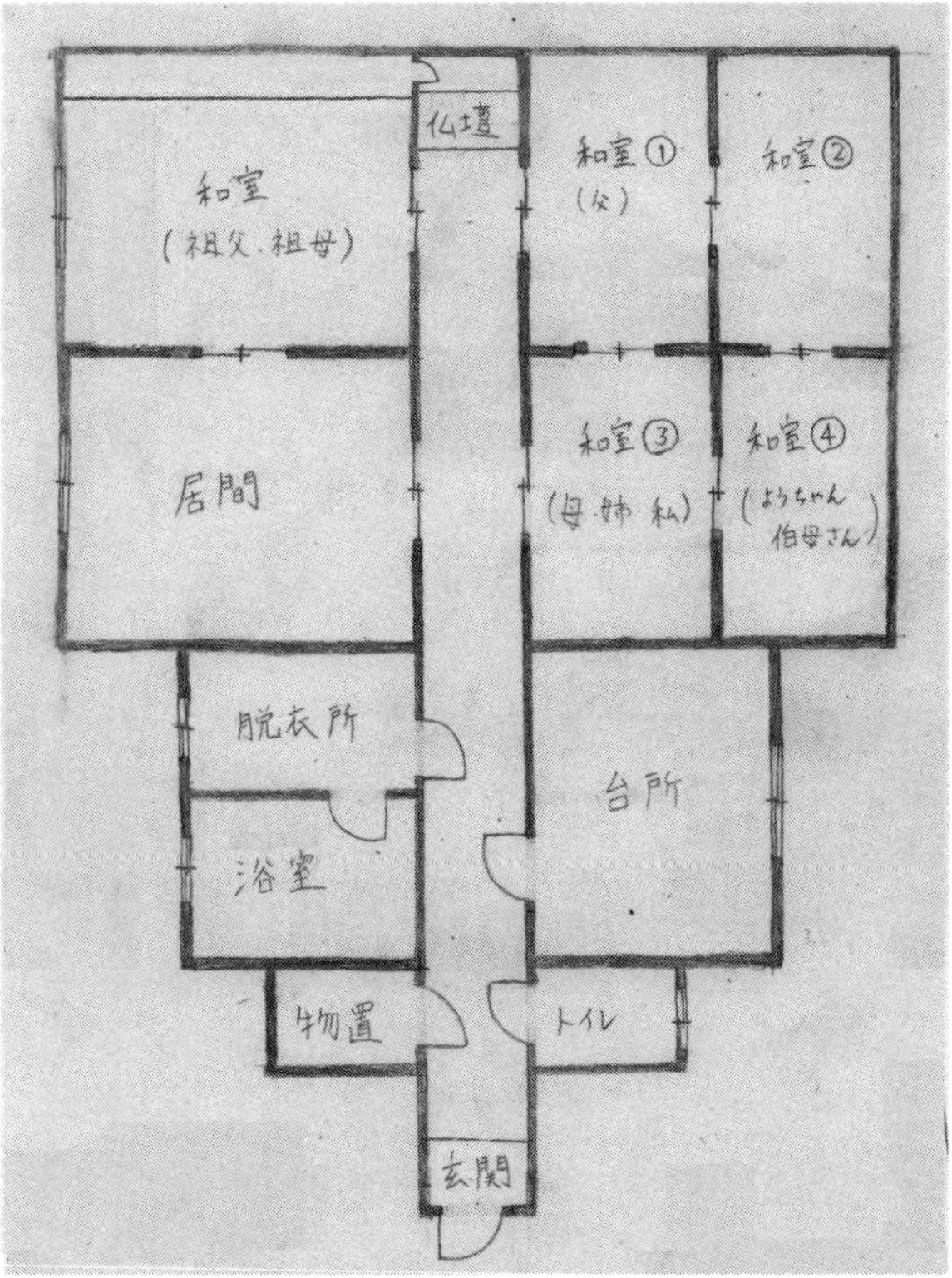
仏壇
和室
(祖父.祖母)
和室①
(父)
和室②
居間
和室③
(母.姉.私)
和室④
(ようちゃん
伯母さん)
脱衣所
台所
浴室
物置
トイレ
玄関

とか、遊び部屋にしてもよかったはずです。しかし、なぜか空き部屋だった。それは、この部屋が**ある目的**のために作られたものだったからです。おそらく、この部屋は、埼玉・東京の家における、浴室と同じもの、つまり、**殺人現場**だったと思うんです。だとするならば、例によって、監禁部屋からこの部屋に繋がる**裏ルート**があるはずです。当然、この間取り図には描かれていない。しかし、容易に推測できます。

——栗原さんは鉛筆を走らせる。

栗原　こうです。仏壇の後ろには、両側に空間があったんです。左側は監禁部屋。そして、

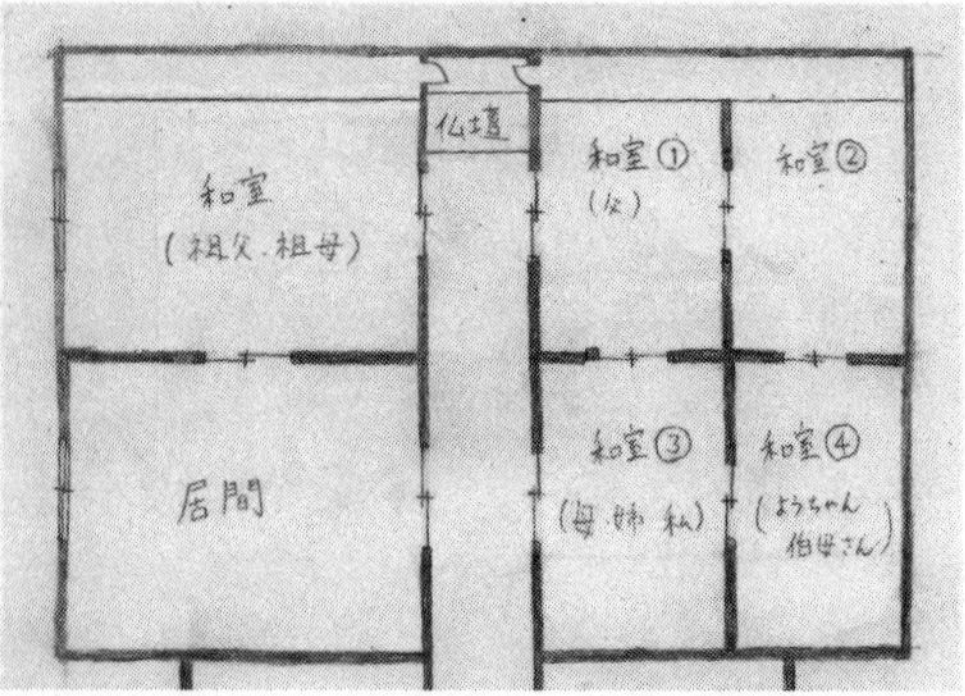

右側は殺人現場に繋がる通路です。犯人は、この通路を通り、②の部屋を経由して、ようちゃんの部屋に入ったんです。

片淵　でも、この通路からどうやって②の部屋に入るんでしょうか。②の部屋には扉とか、それを隠すようなものはありませんでしたよ。

栗原　おそらく、扉は**ある方法**で隠されていたんです。

――栗原さんは、鉛筆で「開かずのふすま」を指した。

栗原　このふすま、本当に開かなかったんでしょうか。

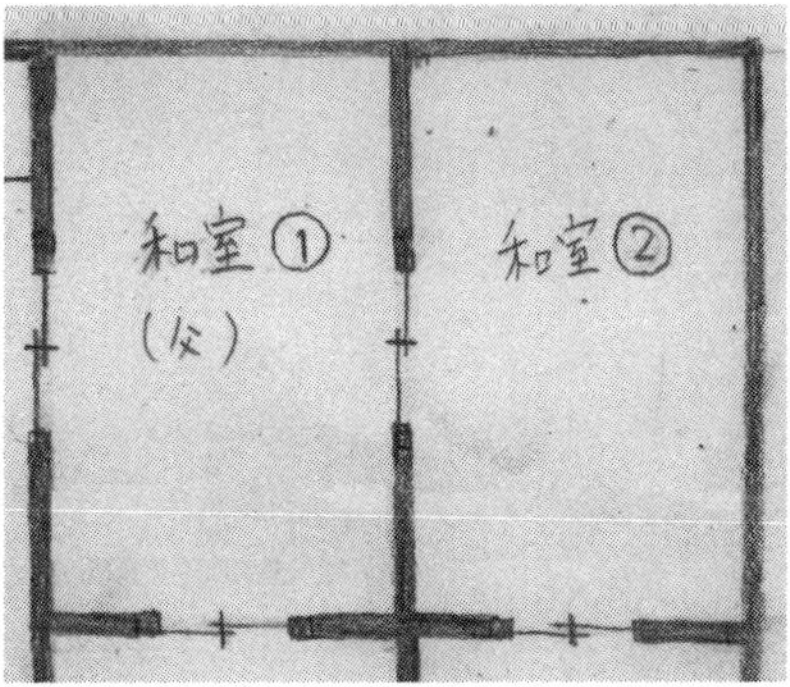

内側から鍵がかかっていたのではないですか？

片淵　内側？

栗原　片淵さん、せっかく描いてきてもらった間取り図を、何度も描き直して申し訳ありません。でも、これが最後の修正です。

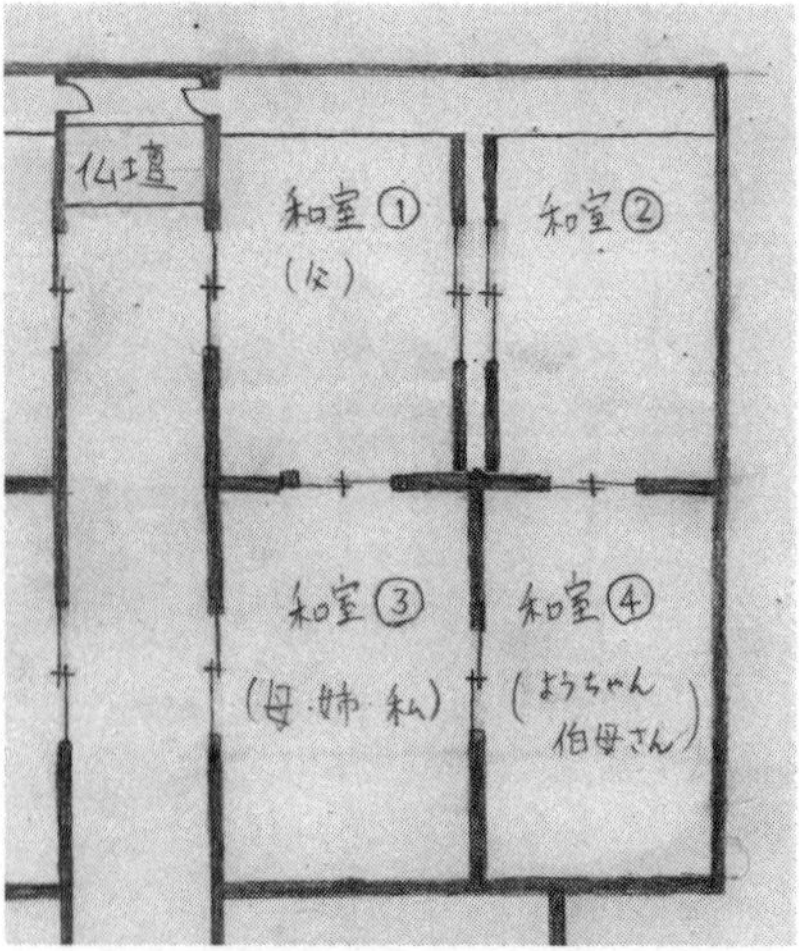

——栗原さんはそう言うと、開かずのふすまをこのように描き変えた。

栗原　これが、この家の本当の姿です。ふすまは二組あり、その間には小さな空間があった。ふすまの内側に鍵が付いていたんです。外側からだと「開かない一組のふすま」に見える。片淵さんはこのからくりに騙されていたんですよ。

片淵　……！

栗原　この家で行われていたことを想像してみましょう。住人はターゲットとなる人物を家に招き、②の部屋に案内する。頃合いを見計らい、監禁部屋の子供に合図を送る。子供は、通路を通って、ふすまに挟まれた空間まで移動する。そして鍵を開け、部屋にいる来客を殺害する。同じです。あの二つの家は、この家の仕組みを、受け継いだものだったのではないでしょうか。

片淵　そんな……

栗原　そして犯人は、この仕組みを利用して、ようちゃんを殺害することを考えた。

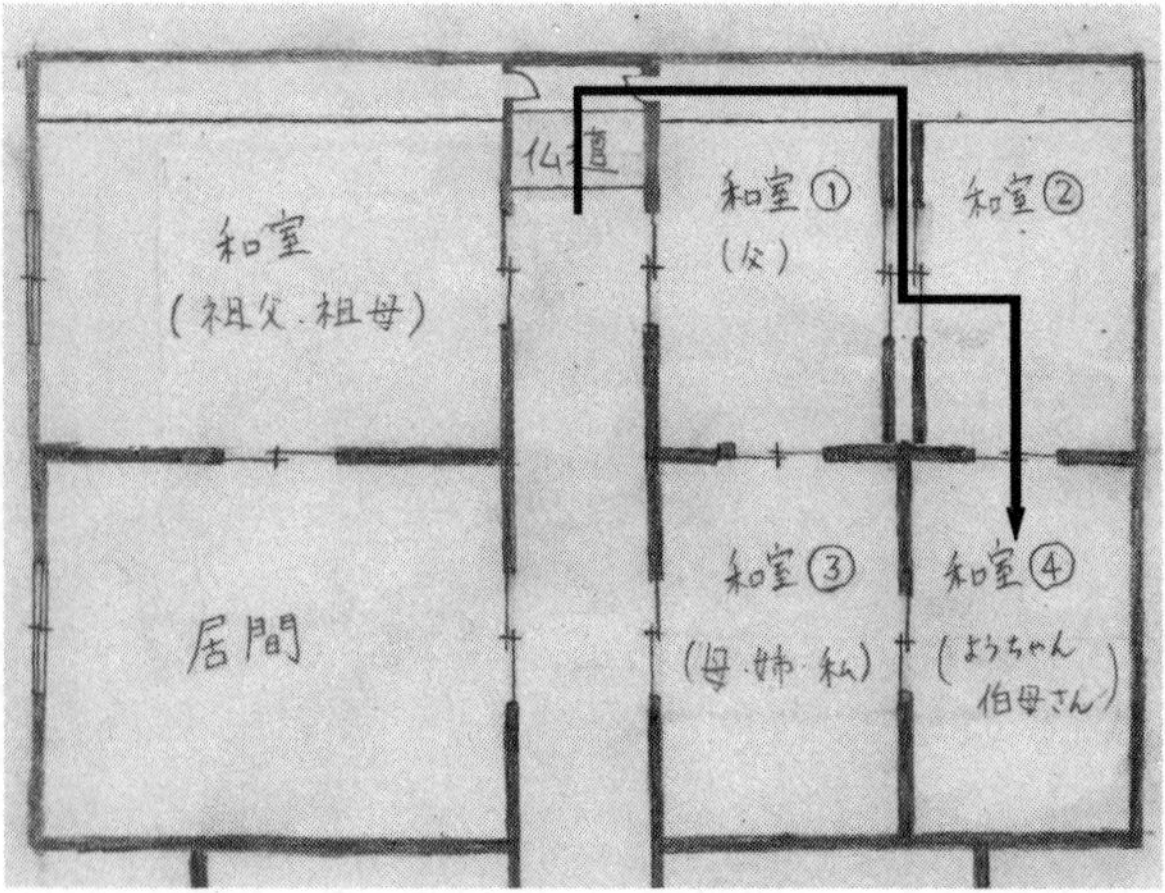

仏壇
和室①
（父）
和室②
和室
（祖父．祖母）
和室③
（母・姉・私）
和室④
（ようちゃん
伯母さん）
居間

犯人は廊下に出ると、仏壇を通って通路に入り、②の部屋を経由して、④の部屋に侵入する。そして、寝ているようちゃんを連れ去り、来た道を戻って、監禁部屋まで行き、ようちゃんを撲殺したんです。

筆者　どうして監禁部屋で？

栗原　理由は二つあります。

一つは、ようちゃんを起こさないため。ようちゃんが起きて、声をあげたり暴れたりすれば計画は台無しです。だから、あまり遠くまで行く時間はない。少なくとも、仏壇の狭い扉を通り抜ける余裕はなかった。

そして二つ目は、撲殺音を誤魔化《ごまか》すため。

この裏ルート、複数の部屋に隣接していますから、どの場所で犯行に及んだとしても、必ず誰かに音を聞かれてしまう。一番避けなければいけないのは、美咲伯母さんに聞かれることです。伯母さんが起きれば、ようちゃんがいないことに気づかれてしまいますから。

だから、美咲伯母さんの部屋から最も遠い場所、監禁部屋の中を選んだんです。

まあ、その場合、監禁部屋にいる子供に姿を見られる危険がありますから、もしかしたら、扉の前でやったのかもしれない。どちらにしろ、その音を聞いて目を覚ましたおばあさんは、方角的に「監禁部屋の子供に異変があった」と考える。おばあさんは仏壇の扉を通って、部屋の様子を見に行く。犯人はそこまで想定済みだったんでしょう。おばあさんが来る前に、ようちゃんの遺体を抱いて、通路を引き返し、②の部屋に身を潜めたんです。おばあさんが、異変がないことを確認し、部屋に戻ったあと、犯人は仏壇の扉から廊下に出る。そして、仏壇の前に遺体を置き、自分の部屋に戻る。あとは、誰かが遺体を見つけるのを待つだけです。

筆者　……理屈としては理解できるんですが、ちょっと無理がありませんか？　あまりにも雑な犯行というか……。もし警察に調べられたら、いろいろとボロが出てきそうな気がするんですが。

栗原　ええ。ですから犯人は**警察が来ないように、ようちゃんの遺体を仏壇の前に置いたんです**。

筆者　どういう意味ですか？

栗原　考えてみてください。警察が来た場合、事故現場付近は徹底的に調べられる。

当然、仏壇もです。そうすれば、通路、監禁部屋、子供の存在など、片淵家にとって不都合な事実が明るみに出てしまう。片淵家の人間にとって、それはなんとしても避けなければいけない。つまり、「ようちゃんは仏壇から落ちて死亡した」という事実を作れば、この家の人間は警察を呼ばないだろうと、犯人は確信していたんです。

片淵　そうか。だから、美咲伯母さんが警察に電話しようとしたとき、みんな必死で止めていたんですね。

栗原　もしかしたら家族はみんな、ようちゃんが事故死ではないことに、気づいていたのかもしれません。しかし、この家の秘密を守るために、あえて「事故死」ということにした。でも、ようちゃんの母親である伯母さんには、そんな暗黙の了解を受け入れることができなかった。とはいえ、犯人からすれば、それでもよかった。「この家の秘密」という人質を握っているかぎり、みんなが伯母さんを阻止してくれると踏んでいたんでしょう。

筆者　でも、いったい誰がそんなことを?

栗原　消去法でいきましょう。

片淵　まず、片淵さんと同じ部屋にいたお母さんに犯行は不可能。足の悪いおじいさん、おじいさんと同じ部屋にいたおばあさんも違います。二人が共犯だった、という可能性もなくはないですが、だとしたら、おばあさんが「夜中に物音がした」などという手がかりになりそうなことを言うのはおかしい。つまり……私の父親……ということになりますね。

――片淵さんが言った。父親が殺人犯である、という事実を突きつけられて平常心でいられるはずがない。しかし、彼女の表情は思いのほか、落ち着いているように見えた。

片淵　たしかに、この事件のあと、父はどんどんおかしくなっていきました。部屋に閉じこもって、お酒ばかり飲むようになって……正直、父親がようちゃんの死に関係しているのではないかと、心の片隅でずっと思っていたんです。

筆者　でも、動機は何なんでしょうか。

片淵　思い起こせば、二人だけで話しているところは、ほとんど見たことがありません。かといって、父がようちゃんを嫌っていた、ということはなかったと思います。……私には……ちょっと想像がつきません。

栗原　もしかして、後継問題が絡んでいたのではないでしょうか。

片淵　後継問題？

栗原　没落したとはいえ、片淵家はもともと名家だった。いわゆる「跡取り」という考え方が強く残っていた可能性があります。片淵家には孫が三人いる。ようちゃん、お姉さん、そして片淵さん。このうちの誰かが、片淵家を継ぐことになっていた。

おそらく、男の子であるようちゃんが、最有力候補だったのでしょう。しかし、ようちゃんが亡くなった場合、その役割はお姉さん、もしくは片淵さんに回ってくる。順当にいけば、長女であるお姉さんです。お父さんは、何らかの理由で、お姉さんに片淵家を継がせたかったのではないでしょうか。

――たしかに、お姉さんが結婚する際、旦那さんの姓ではなく片淵姓を選んだ。「婿入りした」「跡を継いだ」ということになる。しかし……

筆者　そんなことのために、甥っ子を殺すなんてありえますか？

栗原　片淵家は普通の家ではありません。何か、我々には想像できないような、込み入った事情があったとしても、おかしくありません。

筆者　込み入った事情ですか……

栗原　そう考えるとお姉さんが突然、家からいなくなった理由も推測できます。お姉さんはあの家で、**洗脳**を受けていたのではないでしょうか。

筆者　洗脳？

栗原　片淵家は代々、あの家で殺人を繰り返してきた。何のためなのかは分かりませんが、それが彼らの因習だった。お姉さんは、その役目を背負わされてしまったわけです。
しかし、普通の環境で育った人間に「今日から子供を利用して人を殺せ」と言っても、そんなことできるはずがありません。だから片淵家の跡取りは、小さい頃からあの家に閉じ込められ、無理やり「人殺し」の洗脳を受けていた。まあ、憶測にすぎませんが。

――そのとき、ドアの外から「そろそろお時間ですよ」という声が聞こえた。どうやら、貸し会議室の終了時間が迫っているらしい。時計を見るとすでに六時を過ぎている。私たちは話を切り上げ、急いで帰り支度をした。

＊＊＊

外に出ると、もう街灯りが点きはじめていた。三人で駅に向かって歩く。

筆者 ところで片淵さん。おじいさんたちは今もご健在なんですか？

片淵 それが、分からないんです。ようちゃんが亡くなってから、一度も行っていなくて。私は家出同然で独立したので、姉以外の親族との連絡は、ずっと途絶えたままなんです。

筆者 そうですか……

片淵 でも、今日の話を聞いて、祖父母の家に行こうと決心しました。

筆者　住所は分かるんですか？

片淵　いえ。でも、母なら知っているはずです。私、もう一度、母に会いに行きます。そして今度こそ、姉のことを……本当のことを教えてもらいます。姉は今も、どこかで苦しんでいるはずです。必ず、私が助け出します。

しばらく歩くと、駅に到着した。

日曜日の夜ということもあり、人は少ない。

私たちは改札の前で別れの挨拶をした。

突然の連絡

家に着いたのは八時過ぎだった。とにかく今日は疲れた。食欲もなかったので、風呂に入って寝ようかと思ったそのとき、電話が鳴った。片淵さんからだった。

筆者　もしもし。どうかしましたか？

片淵　あの……実は……

——声が少し、緊張しているように聞こえた。

片淵　先ほど、お二人と別れたあと、母から電話がかかってきたんです。それで「お姉ちゃんについて、話したいことがあるから、近いうちに会いたい。なるべく早いほうがいい」と言われまして……。明日の夜、母の家に行くことになったんです。

筆者　それはまた急ですね。

片淵　はい。それで……突然のお願いで申し訳ないのですが、もしよろしければ、一緒に行っていただけませんか？

筆者　え？　私が……お母さんの家にですか？

片淵　はい。もちろん、お忙しいと思いますので、無理にとは言いません。

——スケジュールを確認する。明日の夜は特に予定は入っていない。

筆者 行くこと自体はかまいませんが……私がご一緒してもいいんでしょうか？　お母さんは、片淵さんと二人で話したいんじゃないですか？

片淵 それについては大丈夫です。母にはすでに話してあります。それに……個人的に、ぜひ一緒に来ていただきたいんです。今まで険悪な関係で、家に入れてさえくれなかった母が、突然「会いたい」だなんて、おかしいと思って。情けない話ですが、一人で行くのが不安なんです……

筆者 ……分かりました。栗原さんにも来てもらいますか？

片淵 もし、ご迷惑でなければ。

その後、待ち合わせの段取りを決め、電話を切った。

栗原さんに連絡したところ、「行きたいけど、仕事が立て込んでて」と辞退した。次の日は月曜日。会社勤めの栗原さんには厳しいようだ。心細いが、仕方ない。

彼は最後に「後日、話を聞かせてください」と付け加えた。

第四章　縛られた家

手紙

翌日の午後五時、大宮《おおみや》駅で片淵さんと合流する。

片淵　毎回ご面倒をおかけしてしまって、本当にすみません。

筆者　全然大丈夫ですよ。私も、お姉さんのことは気になりますし。ところで、お母さんはどちらにお住まいなんですか？

片淵　熊谷《くまがや》です。ここからだと高崎線で一本です。

電車の中で、片淵さんから、お母さんについての話を聞いた。

片淵（旧姓：松岡《まつおか》）喜江《よしえ》さんは、島根県に生まれ、結婚後、埼玉県に移り住んだ。再婚相手とはすでに離婚しており、現在は熊谷のマンションに、一人で暮らしているという。

三〇分ほどで駅に到着する。

しばらく歩くと、喜江さんの住むマンションが見えてくる。片淵さんは、気持ちを落ち着かせるように、何度か深呼吸をした。

エレベーターで五階へ上がる。フロアの奥から二つ目の部屋。「片渕」という表札が付いている。片渕さんは一呼吸置いてからインターホンを押した。しばらくしてドアが開く。

出迎えてくれた喜江さんは、五〇代半ばあたりの小柄な女性だった。私を見ると、「遠いところからわざわざ、恐れ入ります」と深々とお辞儀をした。その後、片渕さんを一瞥《いちべつ》したが、すぐにお互い気まずそうに目をそらした。

リビングに案内される。テレビ台の上に飾られた、木製のフレームに入った写真が目に留まった。一昔前のデジカメで撮ったような、粗い画質の家族写真だ。場所は遊園地だろうか。若い頃の喜江さん、そして、旦那さんとおぼしき男性。夫婦の間で、二人の少女がピースサインをしている。おそらく、片渕さんとお姉さんだ。

私たちはテーブルを囲んだ。喜江さんは紅茶を出してくれたが、片渕さんは手をつけず、うつむいて黙っている。居心地の悪い沈黙が流れる。私が何か切り出すべきだろうか……そう思ったとき、喜江さんが口を開いた。

喜江　この前、柚希がうちに来たときから、ずっと悩んでいたの。すべて話すべきなんじゃないのかって。だけどなかなか決心がつかなかった。

――喜江さんは、テレビ台の上の写真に目をやった。

喜江　昔、お父さんとお姉ちゃんと約束したのよ。「柚希には何も話さない」って。

――片淵さんは何か言おうとするが、緊張のためか、声がつまって上手く言葉が出てこない。一口紅茶を飲み、やっとの思いでかすれた声を絞り出した。

片淵　それって……あの家のこと？

喜江　……知ってるのね。そうよ。このことは、本当なら柚希には話したくなかった。せめて柚希にだけは無関係でいてほしかった。でもね、事情が変わったのよ。

――喜江さんは、一枚の封筒をテーブルの上に載せた。
宛名は喜江さん。そして、送り主の欄には「片淵慶太」と書かれている。

片淵　慶太さんって……お姉ちゃんの旦那さん？

喜江　そうよ。昨日届いたの。

――片淵さんは封筒を手に取る。その中には、丁寧な文字がびっしりと書かれた便箋が何枚も入っていた。

拝啓　片淵喜江様

突然のお手紙、失礼いたします。私は片淵慶太と申します。
七年前、喜江様のお嬢様である、綾乃さんと結婚いたしました。さまざまな事情により、ご報告が遅れてしまったこと、大変心苦しく思っております。

このたび、お手紙を差し上げたのは、折り入ってお願いしたいことがあるからです。私と綾乃さんは、現在、とても厳しい状況にあります。どうしても喜江様のお力添えが必要なのです。厚かましいことは重々承知しておりますが、ご協力いただけると幸いです。

さて、私たちの現状についてお話しするためには、これまでの出来事を説明しなければなりません。少々長くなりますが、どうかお許しください。

私が綾乃さんと出会ったのは、二〇〇九年のことです。

当時、私は○○県の高校に通っていました。私の高校生活は楽しいものではありませんでした。クラスでいじめの標的にされていたのです。

最初は、無視される、ものを隠される程度のものでしたが、日を経るごとにエスカレートしていきました。ある朝学校へ行くと、私の机が水浸しになっていました。私の戸惑う様子をニヤニヤと眺める人たちの視線に耐え、惨《みじ》めな気持ちで一人机を拭いていると、一人のクラスメイトがタオルを持ってきて、私を手伝ってくれたのです。それが綾乃さんでした。

綾乃さんは物静かで、あまり積極的に人と交流するタイプではありませんでしたが、優しく、正義感のある、芯の強い人でした。

その後も、綾乃さんに助けてもらうことが何度もありました。私も綾乃さんのためにできることはないかと、勉強を頑張って、テスト前には彼女の苦手な科目を教えたりと、努力をしました。

私たちがお付き合いをする関係になったのは、二年生の春でした。告白したのは私です。綾乃さんからＯＫの返事をもらえたときは、あまりに嬉しく、数日間は浮かれた気分で過ごしました。

——「〇〇県」は、片淵さんの祖父母の家がある県だ。やはり栗原さんの言うとおり、綾乃さんはあの家に連れて行かれたのだろうか。

しかし仮にそうだとしても、高校に通うなど、ある程度自由な生活は許されていた。

そこでいじめられっ子の男子生徒と恋愛関係になり、後に結婚した。想像していたよりも、微笑《ほほえ》ましい話に感じる。しかし、手紙はここから不穏な展開を迎える。

しかし、お付き合いをはじめると、それまで見えていなかった、綾乃さんの不可解な面が気になるようになりました。綾乃さんは、学校が終わると、すぐに迎えの車に乗って帰ってしまい、翌朝、登校するまで一切連絡が取れないのです。それだけでなく、家族のことや、生まれた場所のこと、今どこに住んでいるかなど、何も話してくれませんでした。漠然とした表現ですが、綾乃さんの中に何か大きな闇があるような気がしたのです。

その話を聞いたのは、卒業間近の冬のことでした。

空き教室の隅で、「絶対に誰にも言わない」と約束した上で、綾乃さんは『左手供養』のことを話してくれました。

片淵　え……左手……供養？

喜江　……これが私たち家族をめちゃくちゃにした元凶なの。

――喜江さんは、席を立ち隣の部屋に行くと、小さな金庫を持って戻ってきた。蓋を開けると、カビの臭いが鼻をついた。中には、ぼろぼろの、色褪《いろあ》せた紙が入っている。相当昔のものだ。筆で文字が書かれているが、かなり書き崩してあるため、私には読めない。

喜江　もう三〇年以上前になるかしら。結婚する少し前、お父さんの実家に挨拶に行ったの。
そのとき、お義父さんからこれを見せられて、『左手供養』の話を聞かされたの。ずいぶん気味の悪い話だった。息子の結婚相手に、なんでそんな話をするんだろうって不思議に思ってたけど、私も若かったからあまり深く考えなかった。でもね、あとになって分かったのよ。これは片淵家を何十年も縛り続ける、呪いのような因習だったの。

以下は、喜江さんの話の中から、出版可能な箇所だけをまとめたものである。

兄弟

かつて片淵家は、○○県を拠点とした、複数の事業で莫大な財産を築いた。その成功に最も貢献したのは、明治三二年から大正四年にかけて当主を務めた、片淵嘉永《かえい》という人物だった。

嘉永は、豪胆な性格と高い経営能力によって、事業規模を大幅に拡大した。しかし、五〇歳を迎えた頃、持病が悪化したのをきっかけに一線から退き、その地位を子供に譲ることになった。

嘉永には、**宗一郎**《そういちろう》・**千鶴**《ちづる》・**清吉**《せいきち》という三人の子供がいた。

長男の宗一郎は、父に似ず内向的な性格だった。妹の千鶴と仲が良く、大きくなってからも一緒にままごと遊びをするなど、一風変わった青年だったという。それとは対照的に、末っ子の清吉は、活発で文武両道な好青年だった。子供の頃から肝が据《す》わっ

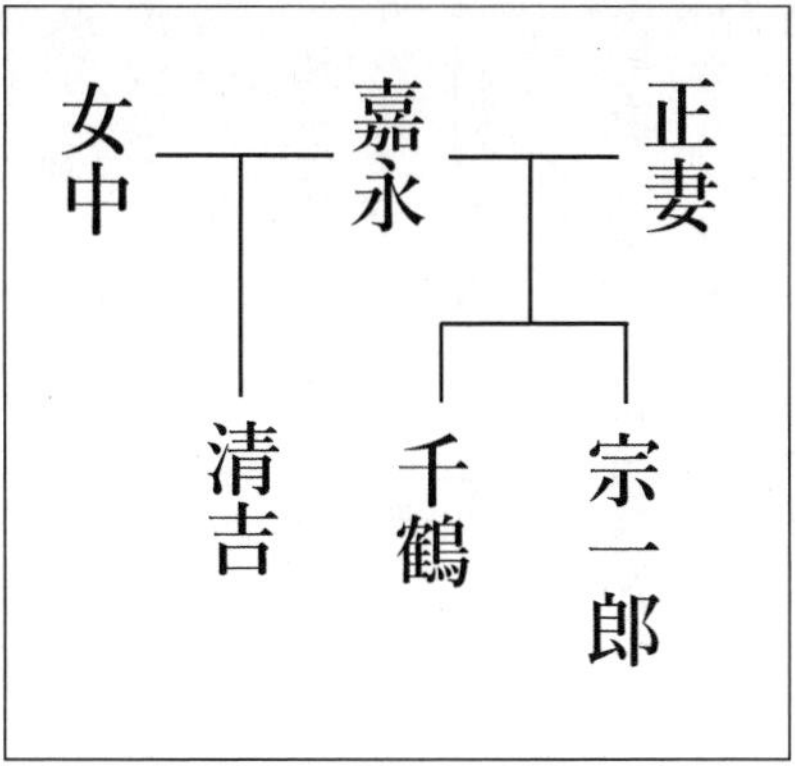

ていて、人をまとめる力もあり、誰が見ても清吉が片淵家の後継者にふさわしいことは明らかだった。

　ところが、嘉永が跡取りに選んだのは、長男の宗一郎だった。その理由は、清吉の出生にある。

　実は、清吉だけは正妻の子供ではなく、片淵家に雇われていた女中との間に生まれた子供、いわゆる「妾《めかけ》の子」だったのだ。嘉永は世間体を考え、妾の子に家を継がせることをためらったという。ただし嘉永自身、宗一郎が経営に向いていないことは百も承知だった。あくまで実権は清吉に握らせ、宗一郎はお飾りの当主にすればいい、という魂胆があったらしい。

しかし、ことは嘉永の思うようには進まなかった。

清吉は宗一郎の後ろ盾になることを拒否し、家を捨て独立する。清吉の気持ちは理解できなくもない。実の父親から「お前は妾の子だから家は継がせられない」と断言されたようなものだ。よほど悔しかったのだろう。

清吉は片淵家を出ると、一人で事業を起こした。第一次世界大戦による好況のあおりを受けて、事業は数年で急成長する。上り調子の真っただ中、清吉は二二歳の若さで結婚。すぐに子供をもうける。こうして、清吉を主とする「**片淵分家**」が誕生した。

一方、「本家」の片淵家では、宗一郎を補佐する形で、相変わらず嘉永が采配を振っていた。とはいえ宗一郎は、父親におんぶに抱っこの状況に満足していたわけではなかった。日に日に体が弱っていく父親を見て、いずれは自分が一人で片淵家を統率していかなければならないことを自覚し、毎日、仕事を覚えるため、必死に勉強していたという。そんな宗一郎の姿を、嘉永も頼もしく思っていた。

しかし、嘉永にはもう一つ心配事があった。それは宗一郎の結婚に関する問題だった。

宗一郎はかなりの奥手で、二四歳を過ぎても、女性と関係を持ったことが一度もなかった。これは将来、片淵家の後継ぎ問題に発展しかねない。そう考えた嘉永は、独断で縁談を進める。

嘉永が宗一郎の結婚相手に選んだのは、雇い人として屋敷で働いていた、**高間潮**《たかまうしお》という女性だった。潮は一二歳のときに片淵家に雇われ、掃除や炊事、その他さまざまな雑用をこなしていたが、その真面目な働きぶりが嘉永に気に入られ、一六歳のときに宗一郎の世話係を任された。

それから三年、年齢も近く、役職上、宗一郎の性格を熟知している潮は、妻としてふさわしいと嘉永は判断したのだった。

潮

高間潮……当時一九歳。もともと貧しい家に生まれ、早くに両親と死別し、親戚の家をたらいまわしにされながら、道端の草で飢えをしのぐような子供時代を過ごしてきた。片淵家に勤めるようになってからも、下働きの立場は弱く、朝から晩まで上役にこき使われてきた。

そんな潮に、人生最大の転機が訪れた。

当主・宗一郎との結婚。これまでの生活が一変する。「女中」から「奥方」へ。欲しかったものがすべて手に入る。潮は歓喜した。

二人の結婚を見届けた数日後、嘉永は安心したように息を引き取った。

晴れて宗一郎の妻となった潮は、夢のような毎日を過ごす。豪華な食事、綺麗な着物。誰もが自分に平身低頭という、さんざん辛苦を味わってきた潮にとって、抗《あらが》いがたい快楽の日々だった。

しかし、そんな生活にも、一つの気がかりがあった。それは夫・宗一郎の態度だった。宗一郎は潮に優しく接したが、決して妻としては扱わなかった。結婚以来、一度も夫婦の関係を持ったことがなかったという。

ある夜、潮が目を覚ますと、隣で寝ているはずの夫がいないことに気づく。戻ってきたのは、小一時間経ってからのことだった。

そんなことが毎晩続き、怪しく思った潮は、とうとう宗一郎の後をつけることにした。

宗一郎が向かったのは、妹・千鶴の部屋だった。

危機

ちょうど同じ頃、片淵家全体に暗雲が立ち込めていた。

片淵家の事業の成長は、嘉永の独裁的なリーダーシップによるものだった。宗一郎は努力したものの、父には遠く及ばず、見切りをつけた優秀な人材が次々に去り、業績は次第に悪化していった。そして数年後、それに追い打ちをかける出来事が起こる。

千鶴が、宗一郎の子供を妊娠したのだ。

片渕家は大混乱に陥った。「当主が、実の妹と姦通《かんつう》していた」などということが世間に知れたら、片渕家の名前に傷がつく。関係者は事実のもみ消しに奔走した。

しかし、このことが偶然、ある人物の耳に入ってしまう。宗一郎の弟・**清吉**だった。清吉は意外な行動に出る。片渕家に乗り込み、関係者一同の前で宗一郎を叱責《しっせき》したのだ。

「妹と不義の行為をするような大ばか者に、片渕家を任せるわけにはいかない。そもそも宗一郎は片渕家の当主を務めるような器ではない」と大演説を打った。

すでに家を独立した分家の人間が、本家に踏み入って当主を罵《ののし》るなど、当時の価値観では考えられない無礼行為だった。

しかし、宗一郎の不甲斐なさに不満を抱いていた関係者の中には、清吉に同調する者が多くいたという。

片渕家の弱みを握った清吉は、その後、硬軟取り混ぜた巧みな交渉で、本家の主要人物を次々に買収し、分家に取り込んでいく。それに抗う力は宗一郎にはなく、不当にも片淵本家が持っていた財産と事業の経営権のほとんどが、分家に吸収されてしまった。

本家に残されたのは、屋敷と土地と、少しばかりの財産、そして数人の雇い人だけだった。清吉からすれば、かつて屈辱を受けた片淵家と兄への復讐を果たしたことになる。


この騒動で最も被害を受けたのは、宗一郎の妻・潮だろう。せっかく手にした夢のような日々から一転、みじめな貧乏暮らしを強いられるはめになった。宗一郎の妻である以上、分家に移ることもできない。

没落した山の中の屋敷で、愛のない夫と、夫の子供を妊娠している義妹と三人暮らし。地獄のような生活の中で、潮は徐々に精神を病んでいった。

最初に異変に気づいたのは、雇い人の女性だった。声をかけても反応が薄く、かと思えば突然子供のようなわがままを言ったりと、もとがしっかり者だったがゆえに、その変化は異様に映ったという。

やがて一日中、どこかを見つめてぼーっとし、時折、大声で泣き出しては、爪で自分の体をひっかくなど、不可解な行動が目立つようになった。

さすがに罪悪感があったのか、宗一郎は進んで、潮の身の回りの世話を焼いた。しかし、この優しさが悲劇を招く。

ある日、潮は「柿が食べたい」と言いだした。

宗一郎は潮の部屋に柿を持っていき、包丁で切り分けてやった。潮は数かけら食べてやめてしまったので、宗一郎は、残った柿を枕元に置いて部屋を出た。このとき包丁まで置いてきてしまったことに、宗一郎は気づかなかった。

十数分後、嫌な予感を覚えた宗一郎は、急いで潮の部屋に向かった。が、すでに手遅れだった。

宗一郎の目に飛び込んできたのは、部屋の真ん中に横たわる血まみれの潮、そして、畳に付着した、いくつもの真っ赤な手形だった。

潮は、左手首に包丁を突き刺し、その後、血に濡れた手のひらを何度も何度も畳に打ち付けたのだ。骨は折れ、肉は千切れ、手首は皮一枚で繋がっているような状態だったという。

これが自殺だったのか、それとも自傷行為がエスカレートしたものだったのかは分かっていない。しかし宗一郎は、自分のせいで潮は死んだと思い込み、大変なショックを受ける。

双子

潮が亡くなってから数ヵ月後、千鶴が産気づき、双子の男の子が生まれた。

宗一郎は愕然《がくぜん》とした。上の子は五体満足だったが、下の子には左手首がなかったのだ。それはあまりにも恐ろしい偶然だった。

現在では、近親相姦によって劣性遺伝が強まり、先天異常を持った子供が生まれやすくなることは、よく知られている。実際、片淵家にはそれ以前にも、同じような障害を持った人間が何人かいたらしい。

しかし、知識のなかった宗一郎は、左手首を切って死んだ潮を連想し、これを潮の呪いだと思い込んでしまう。

宗一郎と千鶴は、お祓《はら》いのため我が子を連れて神社仏閣を巡った。

ある寺の僧侶の助言により、仏教において魔除けの意味があるとされる「麻」と「桃」を使い、二人の子供に「**麻太**《あさた》」「**桃太**《ももた》」と名付けた。

蘭鏡

麻太と桃太が三歳になった頃、片淵家に一人の女性が訪ねてくる。「**蘭鏡**《らんきょう》」と名乗る謎の呪術師だった。

蘭鏡は屋敷に上がり込むと、「この家には女性の怨念が満ちています。以前、この家であなたの奥さんが亡くなりましたね」と宗一郎に告げた。

何も話していないのに、潮のことを言い当てられた宗一郎は、その天眼に驚き、蘭鏡を信じ込んでしまう。そして、これまで起こったことを、すべて打ち明ける。

話を聞いた蘭鏡はこう言った。

「潮さんが恨んでいるのは、あなたがた夫婦ではありません。すべてを奪っていった弟の清吉さんです。その怨念が桃太くんに影響を及ぼしたのです。清吉さんに復讐しなければ、この呪いは、やがて桃太くんを死にいたらしめるでしょう」

蘭鏡は、潮の呪いを解くための方法を、宗一郎に伝授した。それは、以下のようなものだった。

- 桃太を、太陽の光が届かない部屋に幽閉する。
- 屋敷の外に離れ座敷を作り、そこに潮の仏壇を安置する。
- 桃太が一〇歳になったとき、清吉の子供を桃太に殺害させる。
- 左手首を切り取り、仏壇に奉納する。
- 桃太の兄・麻太が『後見役』として、桃太を補佐する。
- これを、桃太が一三歳になるまで毎年行う。

蘭鏡はこの儀式を『左手供養』と名付けた。潮の祟《たた》りを恐れていた宗一郎は、蘭鏡に言われるがまま、儀式の準備をはじめる。

――ここで、私は喜江さんに質問をした。話を遮《さえぎ》るのは失礼だと思ったが、あまりにも納得できない点が多すぎた。

筆者 すみません。蘭鏡というのは、いったい何者なんでしょうか。離れ座敷を作らせたり、清吉の子供を殺せと言ったり。どう考えても怪しい気がするんですが。

喜江 おっしゃるとおりです。私も、何か裏があるんじゃないかと思いました。そこで以前、ある方法で蘭鏡のことを調べたんです。そしたら、意外なことが分かりました。実は、蘭鏡は**清吉の縁者**だったらしいんです。

筆者 え⁉

片淵分家

喜江 清吉はかなりの好色で、二〇代ですでに五人の妻がいたそうです。蘭鏡は第二夫人・**志津子**《しづこ》という人の妹だったんです。もちろん「蘭鏡」というのは偽名で、本名は**美也子**《みやこ》といったそうですが。

筆者 ということは……清吉にとって蘭鏡は、義理の妹ということになりますね。ど

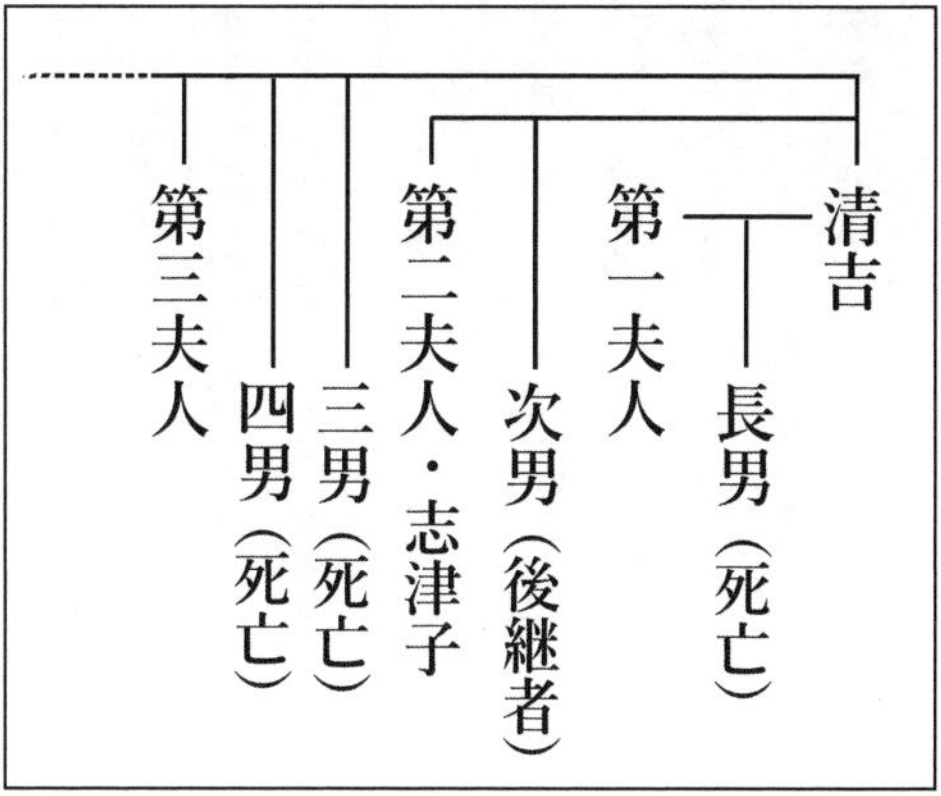

うして義理の妹が、**義兄**の子供を殺すように仕向けたんでしょうか。

喜江 おそらく、後継問題だと思います。当時、清吉には六人の子供がいたそうですが、そのうちの三人が、幼くして亡くなっているんです。亡くなったのは、第一夫人が産んだ**長男**と、第三夫人が産んだ**三男・四男**です。そして結果的に、清吉の跡を継いだのは、第二夫人・志津子が産んだ**次男**だったそうです。

筆者 ということは……第二夫人が自分の子供を後継ぎにさせるために……

清吉には五人の妻がいた。「なんとしても自分の子供を跡取りに」という親心がぶつかり合い、常に妻同士で権力争いが起こっていたことは想像に難《かた》くない。
他の妻の子供は全員がライバル。第二夫人・志津子は、我が子への愛情が暴走し、ライバルの殺害を企《くわだ》てる。しかし、直接手を下すわけにはいかない。
そこで目をつけたのが、片淵本家だった。妹・美也子に命じ、呪術師のふりをさせて、本家に潜《もぐ》り込ませる。潮の祟りに怯え、乱心状態だった宗一郎を言いくるめ、我が子と年が近く、邪魔な長男・三男・四男を殺害させた。離れ座敷の、あの奥の部屋で。

筆者　つまり、その時点で、本家と分家の繫がりは途絶えていなかった、ということですか。

喜江　おそらく。本家が離れ座敷を建てることができたのは、志津子を通して、分家から資金援助があったからではないかと思うんです。

筆者　なるほど……

——しかし、それでもまだ分からないことがある。

筆者　どうして志津子と蘭鏡は、宗一郎本人ではなく、子供たち……桃太と麻太に殺人をさせたんでしょうか。

喜江　これは私の想像にすぎませんが、志津子自身の保身のためだったのではないかと思います。

筆者　どういうことですか？

喜江　宗一郎本人に殺人をさせた場合、罪悪感から、宗一郎が自首してしまう可能性があります。そうなれば、志津子の企《たくら》みがバレてしまいます。でも、子供たちを犯人にすれば、宗一郎は我が子を守るために、事実を隠し通すだろう、そう考えたのではないでしょうか。

筆者　つまり、口封じのための戦略ということですか。

喜江　実際のところは、分かりませんが。

筆者　その後、両家の関係はどうなったんですか？

喜江　それが、よく分かっていないんです。もしかしたら、分家側が本家の動きに気づいて、交流を絶ったのかもしれません。その後、太平洋戦争がはじまると、分家の事業は空襲で壊滅し、戦後も復活することはなく、清吉の子供たちは全国に離散したそうです。ただ、本家は山の中腹にあったため、空襲の被害をさほど受けず、離れ座敷もそのまま残りました。**残ってしまった**……と言ったほうがいいかもしれません。

筆者　『左手供養』の儀式も、後の世代に受け継がれた、ということですか？

喜江　そうです。志津子の計略を最後まで知らなかった宗一郎は、蘭鏡の教えを愚直に信じ続けました。

——喜江さんは、先ほどの紙を手に取り、読み上げた。

左手供養

一　片渕家二、左手無キ子、産マレタ時、暗室ニ入レ、養ウ事。

二　左手無キ子、十ヲ迎ヘル年、片渕清吉ノ血ヲ引ク者ノ、命ヲ奪ハセ、左手ヲ切ル事。
三　左手ヲ、潮ノ仏壇ニ供エ、供物トスル事。
四　左手無キ子ノ兄姉、ソレガ無キ場合ハ、親族ニ於イテ、齢ノ近キ者ニ、ソノ後見役ヲサス事。
五　此ノ儀式ヲ、左手無キ子、十三ヲムカヘル年迄、一年ニ一度、カナラズ行ウ事。

現代の言葉に直すと、このようになる。

一　片淵家に左手がない子供が生まれたら、暗室に閉じ込めて育てる。
二　左手がない子供が一〇歳になった年、片淵清吉の血を引く人間を、その子供に殺害させ、左手を切り取る。
三　切り取った左手は、潮の仏壇に供える。
四　左手がない子供の兄か姉、それがいない場合は、親族の中で年齢が近い者に、後見役をさせる。

五　この儀式は、左手がない子供が一三歳になるまで、一年に一度、必ず行う。

喜江　宗一郎は、蘭鏡の教えを五ヵ条にまとめ、片淵家の家訓として、子供たちに厳しく教え込んだそうです。

筆者　子供たち、というのは、麻太と桃太のことですか？

喜江　二人もそうですが、実は宗一郎と千鶴には、もう一人子供がいたんです。**重治**という子供です。

片淵　え!?

——ずっと黙って聞いていた片淵さんが、声をあげた。

片淵　「重治」って、もしかして……

喜江　そう、柚希のおじいさんよ。

重治　――あの家に住んでいた片淵さんのおじいさんは、子供の頃、宗一郎から直接『左手供養』の教育を受けた、ということか。

喜江　麻太と桃太は、若いときに亡くなってしまったため、結果的に、三男の重治が片淵家を継ぐことになりました。
ただ、桃太以来、左手のない子供が生まれなかったため、儀式が行われることはなかったそうです。ところが、それから八〇年以上経った、二〇〇六年……生まれてしまったんです。私の義理の姉、美咲さんの子供でした。

片淵　美咲伯母さん……。じゃあまさか……あのとき、伯母さんのお腹にいた子供が……

喜江　そう。妊娠四ヵ月目で受けた出生前診断で、左手がないことが判明したらしいの。

筆者　生まれる前に分かっていたんですか。

喜江　はい。実はそれに関して、私は美咲さんから相談を受けていたんです。ある夜、電話がかかってきました。美咲さんは、電話越しにも分かるくらい動揺した声で「喜江ちゃん、どうしよう。お腹の赤ちゃんに左手がなかったの」と言いました。

それが何を意味するのか、もちろん私は知っていました。でもその頃の私は、『左手供養』なんてものが実際に行われるなんて、思っていなかったんです。だから「心配することない。お義父さんもお義母さんも、本気でしきたりを守ろうなんて思ってないよ」と言いました。

そしたら美咲さんは強い口調で「喜江ちゃんは何も分かってない。あの人たちはそんなんじゃないの」と怒ったんです。今なら、美咲さんの言葉の意味がよく分かります。

あとで聞いた話ですが、その電話の翌日から、美咲さんは、義父と義母によって家に監禁されたそうです。

筆者　監禁⁉

喜江　はい。解放されたのは一ヵ月後。ちょうど、妊娠してから二二週目にあたります。二二週目というのは、人工中絶ができなくなる境なんです。

筆者　美咲さんが中絶して、儀式から逃れるのを避けるために……

喜江　はい。そのことを知ったときは、ぞっとしました。義父と義母は本気だったんです。特に、小さい頃、宗一郎からしきたりを叩き込まれた義父は、信じていたんだと思います。潮の呪い……

筆者　たしかに「三つ子の魂百まで」とは言いますが、そんな狂気じみたものを何十年間も信じ続けるなんて、ちょっと異常ですね。

喜江　実は、それにも理由があるんです。片淵家は、屋敷の他に広大な土地を持っていて、それが戦後の経済成長とバブルの地価高騰で、大きな収入を産んだそうです。そのため、義父は外に出て働いたことがなく、人生の大半を家にこもって、限られた人間関係の中で過ごしたんです。片淵家から少なからず資金援助を受けていた親族や知人たちは、誰も義父に対して意見することがなく、義父は考えを改める機会を失ってしまったんだと思います。

筆者　なるほど。

喜江　そういった経緯で、美咲さんは子供を産まざるをえなくなりました。美咲さんには、洋一くんという長男がいて、本来だったら彼が後見役になるはずだったんです。でも、その年の八月、事故で亡くなってしまいました。

片淵 お母さんは、ようちゃんの事故のこと、どう思ってる？

――片淵さんが遠慮がちに聞く。喜江さんは、少し考えてこう答えた。

喜江 ようちゃんが亡くなる一ヵ月前、あなたのお父さんが、私に言ったの。「喜江の母方のおばあさんの旧姓、たしか『片淵』だったよな」って。結婚したときに一度だけ話したのを、お父さんは覚えていたみたい。お父さんは「念のために家系図を調べたほうがいい」って言ったの。私は最初、その意味がよく分からなかった。でもね、言われたとおり戸籍を調べると、たどり着いてしまったの。

実は、私のおばあさん、旧姓・片淵弥生《やよい》は、清吉の七番目の子供だったの。

片淵 え⁉

喜江 最初は信じられなかった。でも、どんなに調べても事実だった。私は片淵分家の血を引いているのよ。つまり『左手供養』で殺される側の人間。それは、私の子供であるあなたと、お姉ちゃんも同じこと。お父さんは心配していたの。もしかしたら将来、私たちが『左手供養』の標的にされるんじゃないかって。

片淵　ようちゃんたちが、私たちを殺すよう仕向けるかもしれない、ってこと?

喜江　可能性は限りなく低いけど、ゼロではない、って。お父さんは「任せておけ」と言っていた。その意味は、あとになって分かった。
ようちゃんが亡くなったとき、明らかに何かが不自然だった。私は、すぐにお父さんを疑った。
後日問い詰めたら、お父さんは泣きながら白状した。「家族を守るためだったんだ」って。

片淵　おかしいよ……。ようちゃんを殺して、お姉ちゃんを犯罪者にして、それで「家族を守る」だなんて……

喜江　お父さんも、そのことは分かっていたみたい。毎日「俺はどうかしてた。なんであんなことをしてしまったんだ」って、うわごとのようにつぶやいていた。
もちろん、いくら後悔したところで、お父さんの行為は許されるものじゃない。

他にやり方はいくらでもあった。だけどね、今考えれば、お父さん自身、片淵家に狂わされていたんじゃないかって思うのよ。
お父さんも子供の頃、お義父さんから『左手供養』の教育を受けていたそうよ。歪《ゆが》んだ価値観を植え付けられて、でも、その中で必死に考えて、家族を守ろうとしたの。あなたには言ってなかったけど、あの自損事故のとき、お父さんはお酒は飲んでいなかった。最後の最後、罪悪感に押しつぶされて自ら死を選んだのよ。ある意味、可哀想な人だったの。

――喜江さんはため息をつく。そのとき、片淵さんが小さな声で言った。

片淵 どうして渡しちゃったの?

喜江 …………

片淵 どうしてお姉ちゃんを、そんな人たちに渡しちゃったの? 拒否すればよかったじゃない。

喜江 ……脅されたのよ。…………お義父さんに。口先だけの脅しだとは思えなかった。だって、しきたりを守るためなら、妊娠している美咲さんを監禁するような人よ。綾乃と柚希に危害が及ぶ可能性を考えたら、大人しく綾乃を渡したほうが、二人の命は保証される。そう考えたの。

片淵　……でも……逃げることはできたでしょ？　それか、警察に相談するとか。

喜江　もちろん、私だってそのつもりだった。だけど、それには準備が必要だった。だから、一度お姉ちゃんを預けて、そのあと時間をかけて、取り戻す計画を立てようと思っていた。でも、それは甘い考えだった。見張られていたの。お父さんが亡くなったあと、うちに男の人が来たでしょ？　清次《きよつぐ》さんって人。柚希には、私の再婚相手だって説明していたけど、実は違うのよ。あの人はお義母さんの甥っ子。「稼ぎ手がいないと大変だろうから、俺が代わりに面倒を見るよ」と言っていたけど、実際は私が変な行動を起こさないように、監視していたの。片淵家はそういう家なのよ。

片淵　…………

喜江　でも、結局、言い訳でしかないわね。結果的に、綾乃を見捨てたようなものだから。

片淵　……どうして、私じゃなかったの？

喜江　え？

片淵　「親族の中で年齢の近い者」ってことは、私でもよかったってことでしょ？どうしてお姉ちゃんを選んだの？

喜江　……これはね、私たち夫婦の必死の抵抗だったの。当時、柚希は一〇歳。まだ幼かったから、洗脳教育を受けたら、片淵家の価値観に染まり切ってしまうかもしれない。それに比べてお姉ちゃんは一二歳。もうだいぶ、分別のつく年頃だったから、人格までは影響されないだろうって考えたの。それが正しい判断だったとは言わない。でも、お姉ちゃんは変わらないでいてくれたの。実はね、月に一回だけ、お姉ちゃんから手紙が来ていたのよ。

片淵　え？

喜江　当然、お義父さんとお義母さんにチェックされていただろうから、当たり障りのない内容だったけど。でも、手紙の中にはいつも、家族を心配する言葉が書かれていた。特に、柚希のことはずっと気にかけていたのよ。「柚希には心配をかけたくない。だから、何も言わないでほしい。柚希は何も知らずに、私のことなんか忘れて、自由に生きてほしい」って。そういう言葉が毎回手紙に書かれていた。

片淵　……全然、知らなかった。

喜江　それは、お父さんも同じよ。「柚希にだけは何も教えるな」って、ずっと言っていた。柚希の幸せは、お姉ちゃんとお父さん、もちろん私も。私たち家族の願いだったのよ。

片淵　だから……今まで何も教えてくれなかったの？

喜江　そう。でも、私には隠し通す自信がなかった。口には出さなくても、一緒にいればきっと何かが伝わってしまう。だから、あなたと距離を置くために、あなたに嫌われるような態度を取ってきた。ごめんなさい……

計画

片淵　……それで……お姉ちゃんは今も、美咲伯母さんの子供に……殺人をさせている……ってこと？

喜江　……私もそう思っていた。昨日までは。

片淵　え？

喜江　手紙の続きを読んでみて。

——片淵さんはおそるおそる手紙を手に取った。

……供養』のことを話してくれました。喜江様は、よくご存じかと思います。その内容は、あまりにも現実離れしていて、にわかには信じられませんでした。しかし、泣きながら話す綾乃さんが、嘘をついているとは思えませんでした。

「私は数年後、犯罪者になる。私と関係を持っていたら、あなたにも迷惑がかかるかもしれない。だから、もう別れよう」と綾乃さんは言いました。

私は、「そんなしきたりに従う必要はない。逃げればいいじゃないか」と何度も問いかけましたが、綾乃さんは「無理だよ」の一点張りでした。綾乃さんは常に監視され、脅され、逃げるすべがなかったのです。

綾乃さんを救う方法はないだろうか。いろいろなことを考えた結果、私は一つの計画を思いつきました。それは非常に粗く、不確かな計画でしたが、綾乃さんを守るには、他に方法がありませんでした。

数日後、私はアルバイトで貯めたお金をすべて使って、今思えば安い指輪を買い、綾乃さんに結婚を申し込みました。綾乃さんは、困惑していました。当たり前です。自分でも、ずいぶん唐突なプロポーズだと思いました。しかし、私の考えた計画には、どうしても「結婚」が必要だったのです。

その後、綾乃さんに私の計画を話し、何週間もかけて説得を行い、ようやく納得してもらいました。

高校を卒業するとすぐ、私たちは結婚しました。私は父と母の反対を押し切り、片淵家に婿入りしました。それはすなわち、「片淵家の一員になり、綾乃さんとともに『左手供養』の後見役を務める」ということを意味します。

はじめて片淵家に挨拶に行ったとき、まず、隠し部屋に案内されました。

そこには、綾乃さんから聞いていたとおり、一人の男の子がいました。生まれつき左手のない、そのために、過酷な運命を背負わされてしまった子供、桃弥《とうや》くんです。母親の美咲さんは、桃弥くんを出産するとすぐ、家を出てしまったらしく、彼は当時、両親のいない子供でした。

体格は同年代の平均的な子供と、あまり変わりませんでしたが、不健康な青白い肌と、まるですべての感情が抜け落ちたかのような表情は、育った環境の異常さを物語っているようでした。

桃弥くんは頭が良く、六歳とは思えないほど、しっかりした受け答えのできる子供でしたが、能動的に何かをしたり、自分の気持ちや欲求を表に出すことは、一切ありませんでした。以前テレビで、両親によって新興宗教に入信させられた子供たちの映像を見たことがありますが、それと似たものを感じました。桃弥くんは、片淵家によって、人格を奪われてしまったのだと思いました。

その夜、結婚祝いの席が設けられました。参加したのは、綾乃さんの祖父母である、重治さんと文乃さん。綾乃さん、私、そして、清次さんという男性でした。

清次さんは文乃さんの甥で、重治さんが最も信頼を置く人です。片淵家の中で、私が最もお世話になったのがこの人でした。当時四〇代後半で、肌が浅黒く、よく笑うわりに、妙な威圧感がありました。

宴会のあと、私にそっと「お前もいろいろ大変だろうが、下手しないように頑張れ。桃弥は可哀想な子だ。なるべく可愛いがってやれよ」と耳打ちしたのを覚えています。


それから数年間、桃弥くんが一〇歳になるまで、私は片淵家に住み、後見役となるための教育を受けました。片淵家の人間の信用を勝ち取るため、私はなるべく従順に過ごし、しきたりに染まったふりをしました。

そして、儀式がはじまる一年前、計画を実行に移したのです。

はじめに、私は重治さんに「自分たちの家を建てさせてください」とお願いしました。『左手供養』の五カ条には、殺人を行う場所は明記されていません。つまり、私たち夫婦が桃弥くんを連れて独立し、自分たちの家で桃弥くんに殺人をさせ、その後、遺体の左手を片淵家に渡せば、儀式は成立するのではないか、と申し出たのです。

最初、重治さんは難色を示しましたが、清次さんが間に入ってくれたおかげで、条件付きで、認められることになりました。

その条件とは、以下の二つです。

・新居の間取りは、片淵家が主導で作成すること。
・清次さんが私たちを監視すること。

この条件を受け入れ、私たちは独立することを許されました。新居は、当時、清次さんが住んでいた、埼玉県に建てられることになりました。

片淵家を出る前、私は重治さんから、一枚のリストを渡されました。

そこには、一〇〇を超える人名と住所が書かれていました。それらはすべて、存命中の片淵分家の子孫のものだと教えられました。つまり、「その中から殺す人間を選べ」ということです。
いったいどうやって調べたのか。私は改めて片淵家が恐ろしくなりました。

私たちが埼玉の新居に移住したのは、二〇一六年の六月です。『左手供養』が行われるのは九月。片淵家の掟に従えば、三ヵ月後に人を殺さなければなりません。しかし、私は掟に従うつもりはありませんでした。片淵家を欺《あざむ》き、誰一人殺さず、傷つけず、『左手供養』を乗り切ろうと考えたのです。

私ははじめに、リストに載っている人たちの現状を調査しました。そして、群馬県のアパートに住む、Tさんという男性に目星を付けました。Tさんは、当時二〇代のフリーターで、近所の人から話を聞いたところ、どうやら消費者金融から借金をしているらしい、ということが分かりました。

私は、Tさんが常連として通っている居酒屋に行き、それとなく彼に接近しました。偶然を装い、何度か酒の席を共にするうちに、彼はだんだん私に心を開くようになりました。

そして、何回目かの席で、Tさんは「二〇〇万近い借金があり、バイト代では金利を払いきれなくて困っている」と打ち明けたのです。私はその言葉を待っていました。

私はTさんに「あなたの借金を肩代わりし、上乗せで五〇万払うので、私の言うとおりに行動してほしい」と申し出ました。

当然、最初は冗談だと思われ、相手にされませんでした。しかし、その後もあきらめず、何回も交渉するうちに、とうとう彼は承諾してくれたのです。「相当怪しいけど、今の生活を変えられるチャンスがあるなら、一か八か、あなたを信用してみる」と言ってくれました。

次に私がしたこととは「死体探し」です。この計画には、どうしても「死体」が必要でした。

私が最初に向かったのは、青木ヶ原の樹海です。「樹海に行けば、自殺死体が見つかるだろう」と、安易に考えていました。しかし、思ったとおりにはいきませんでした。いくつかの遺留品のようなものはありましたが、どんなに探しても、死体は見つかりませんでした。私は、意気消沈して家に帰りました。

その時点で、すでに『左手供養』は一週間後に迫っていました。死体が見つからなければ、私の計画は破綻します。

私は焦り、どうしたものかと悩んでいたところ、偶然、ある情報を耳にしました。隣町で自治会長をしている、宮江恭一さんという独身の男性が、連絡なく会合に欠席した、というのです。その話を聞いたとき、得体の知れない胸騒ぎを覚えました。

私は宮江さんの住所を教えてもらい、彼の住んでいるアパートを訪ねました。呼び鈴を押しても反応がなく、ためしにドアを押してみると、鍵がかかっていませんでした。悪いとは思いながらも、部屋の中を覗くと、男性が床に倒れているのが見えました。

体はすでに冷たくなっており、床には錠剤が散らばっていました。おそらく、持病か何かの発作が起こり、薬を飲もうとしたものの、間に合わず亡くなってしまったのでしょう。まるで、悪魔が仕掛けた偶然のようでした。

その夜、私は車で宮江さんのアパートまで乗りつけ、宮江さんの遺体を家に持ち帰りました。運転しながら「はたしてこれは何罪になるのだろう」と考えていました。見つかればただで済むはずがありません。しかし、私には他に選択肢がありませんでした。家に着くと、宮江さんの遺体から左手首を切り取り、冷凍庫に保管しました。

一週間後、『左手供養』当日の朝、私は車でTさんを迎えに行き、その間、綾乃さんには料理の支度を頼みました。Tさんを連れて戻ってくると、家の前に見たことのある車が停まっていました。清次さんの車です。私にとって幸運だったのは、監視役の清次さんが「俺は家には入らない。外から見張らせてもらう」と言ってくれたことです。

その後、リビングでTさんに料理とお酒をふるまい、しばらく経ってから部屋から連れ出し、風呂場へ案内しました。Tさんには事前にお願いしていたとおり、浴室に身を隠してもらいました。

私は事前に用意していた、宮江恭一さんの左手首を箱に入れ、外で見張っている清次さんに渡します。清次さんは車の中で箱の中身を確認すると、そのまま車で片淵家まで運び、仏壇に奉納します。

清次さんを見送ったあと、私は隠れているTさんを車に乗せ、駅まで向かいました。Tさんには「このままなるべく遠くの町へ行き、最低、半年はアパートに帰らないでほしい」とお願いしました。つまり、この日からTさんは「行方不明」ということになります。

それからしばらくは、この嘘がバレたらどうしよう、と気が気ではありませんでした。数日後、清次さんから「儀式は無事に終わった」と聞かされたときは、人生で味わったことのない安堵《あんど》を覚えました。こうして私たちは、人を殺すことなく、一回目の『左手供養』を乗り切ったのです。

ただ、だからといって、達成感や嬉しい気持ちはありませんでした。人を殺してこそいませんが、私のやったことは犯罪に違いありません。宮江恭一さんの遺族は、彼が亡くなったことを知らずに、行方を探し続けているでしょう。そう思うと、罪悪感は日増しに強くなりました。

さらに、これと同じことを、あと三回も繰り返さなくてはいけないのです。警察と片淵家に怯えながら死体を探す日々は、想像していたより遥《はる》かに精神的苦痛の大きいものでした。それはおそらく、綾乃さんも同じだったでしょう。

しかし、そんな生活の中にも、ささやかな生き甲斐はありました。それは、桃弥くんの成長です。

私と綾乃さんは、頻繁に彼の部屋へ行き、勉強を教えたり、一緒にゲームをしたり、コミュニケーションをとるようにしていました。『左手供養』が終われば、彼は監禁を解かれ、片淵家に戻ることが決まっていました。そのとき、普通の子供として生活できるように、人間的な喜怒哀楽を取り戻してほしかったのです。

一緒に暮らし始めて半年が経った頃から、彼に変化が現れました。

最初は、言われたことをただ機械的にこなすだけだったのが、「もっとやりたい」「これはやりたくない」といった意思表示をするようになりました。褒めると照れ笑いをしたり、ゲームに負けると悔しがったり、時間はかかりましたが、年相応の子供らしい感情が芽生えてくるのを感じました。

独立して二年目の春、私たちの間に子供が生まれました。「浩人《ひろと》」という男の子です。

このような状況で子供を作ることに迷いはありましたが、桃弥くんと暮らす中で、自分たちの子供がほしい、という気持ちが芽生えたのです。

桃弥くんには、浩人が生まれたことは伝えましたが、二人を会わせることはしませんでした。二人の境遇があまりにも違いすぎるため、桃弥くんが浩人を見て、傷つくことを避けたかったのです。その代わり、浩人が生まれても、桃弥くんの部屋に行く時間は、減らさないように心がけました。

浩人が生まれてから一年後、清次さんが仕事の都合で、埼玉から東京に引っ越すことになりました。それにともない、私たちも、片淵家から資金援助を受けて、東京に新居を建てることが決まりました。

東京に引っ越してからの生活は、幸せ、とはとても言えませんが、以前に比べて、希望のある毎日でした。残された『左手供養』をしのぎさえすれば、私たちは普通の家族になれる。浩人は日ごとに成長し、桃弥くんは以前より、ずっと表情豊かになりました。

明るい未来はすぐそこまで来ている。そう信じていました。

今にして思えば、なんと甘い考えだったことでしょう。

不幸は突然、訪れました。

今年の七月のある夜、夜中の一時頃に清次さんから電話がかかってきました。清次さんはぶっきらぼうな口調で「今すぐ、綾乃を連れてうちに来てくれ。車でだ」と言いました。こんな夜中にどうしたのだろう、少し嫌な予感がしました。

それまで、私と綾乃さんが揃《そろ》って家を空けたことは一度もなく、浩人と桃弥くんが心配ではありましたが、二人ともすでに熟睡していたので、少しの間なら大丈夫だろう、と二人を置いていくことにしました。

清次さんの家は、うちからさほど離れておらず、車なら一〇分もかかりません。私たちが到着すると、清次さんは険しい表情で出迎えました。そして一言、こう言いました。

「バレた」

私は何のことか分かりませんでした。清次さんは、私たちの顔をジロリと睨《にら》んで、こう続けました。

「俺は『左手供養』なんてものに意味があるとは思っていない。呪いだとか怨霊だとか、すべて人間の思い込みだ。でも、重治叔父さんは違う。あの人は爺さんになっても、ガキみたいに幽霊に怯えている。だから、『左手供養』のこととあれば、片淵家の財産を切り崩して、いくらでも金を使う。

俺は今まで、その恩恵にあずかってきた。お前たちを監視することで、叔父さんから少なくない金を受け取ってきたんだ。これは、俺にとって単なる仕事。たとえ不正があろうが、バレなければ問題ないと考えていた。

お前たちが、いろいろな方法で死体を用意しているのも知っていた。まあ、誰の手だろうが、叔父さんを騙せればそれでいいんだ。だから今まで、お前たちを黙認してきたし、必要とあれば、一〇〇万や二〇〇万の金、簡単に渡してやった。俺は最後まで、お前たちに『協力』するつもりだった。だけどな……バレた。バレたんだ。これを見ろ」

手渡されたのは、埼玉県の地方紙でした。そこには「左手を切断された遺体発見」という記事が出ていました。宮江恭一さんの遺体が、発見されてしまったのです。

「これが偶然、叔父さんの目に入った。『左手切断』という言葉に違和感を覚え、別の親族に調査をさせたらしい。その結果、これまで『左手供養』で死んだはずの人間が、全員、生きていることが分かってしまった。俺は叔父さんに呼び出され、問い詰められた。当然、知らぬ存ぜぬで押し通した。結局、叔父さんは、俺を許す条件として、桃弥を一日以内に連れてくるよう命じた。おそらく、自分で『左手供養』をやるつもりなんだろう。

お前たちの処遇がどうなるかは分からん。しかし、桃弥を今日中に連れて行かなければ、俺の立場が危ない。今すぐ、桃弥を引き渡してもらう。外に出ろ」

私たちは清次さんの車の後部座席に乗せられました。

「今からお前たちの家まで行く。着いたら、すぐに桃弥を連れてこい。素直に従えば、手荒なことはしない。しかし、渡すのを拒否するようなら……分かるな？」

そのとき、清次さんがなぜ「車で来い」と言ったのかが分かりました。家に着いてから、私たちが桃弥くんを連れて、車で逃走することを防ぐためだったのです。

もし桃弥くんを片渕家に渡してしまったら、確実に殺人に利用されることになります。

黙ってうつむく私たちに、清次さんは、やけに明るい声で言いました。

「桃弥は可哀想な子だ。しかし、生まれたときからそういう運命なんだよ。可哀想だが、仕方ない。……よし、到着だ。一〇分やる。一〇分以内に戻ってこい」

私たちは暗い気持ちで車を降りました。ふと家を見上げると、二階の窓に明かりが点いていることに気がつきました。家を出るとき、電気はすべて消したはずです。浩人が起きたのだろうかと思い、私たちは二階の寝室に向かいました。

部屋に入ると、思いがけない光景が目に飛び込んできました。なんと、浩人のベッドの上に、桃弥くんがいるのです。そのとき、一つの予感が頭に浮かびました。

桃弥くんの部屋は、外から鍵がかかっています。しかし、部屋から出る方法がないわけではないのです。私たちの家には、片淵家を騙すために作った、子供部屋と浴室を繋ぐ通路がありました。その通路を通れば、部屋から外に出ることは可能です。

通路は棚で隠していましたが、もしかしたら桃弥くんは、それに気づいていたのかもしれない。そして、私たちがいなくなった隙に、部屋から抜け出て、浩人に危害を加えたのではないか。

血の気が引きました。

しかし、ベッドに駆け寄ったところ、どうも様子が違うのです。

浩人のおでこの上には、折りたたまれた、濡れた布が載せてありました。よく見ると、それは桃弥くんの部屋に置いてあったタオルでした。

私はようやく状況を理解しました。

浩人はごくまれに、急な高熱を出すことがありました。私たちが家を出たあと、それが起こったのでしょう。浩人の泣き声を聞き、異変を感じた桃弥くんは、部屋から抜け出して様子を見に行き、不自由な手でタオルをしぼり、看病をしてくれたのです。

話を聞くと、桃弥くんは以前から、通路の存在に気づいており、ときどき夜中に部屋を抜け出して、浩人の顔を見に行っていたそうです。

私は後悔しました。一瞬でも桃弥くんを疑ってしまったこと。そして、片淵家の監視に怯え、彼を一室に閉じ込め、窮屈な生活を強いてきたこと。

彼は、そのような扱いを受けるべき人間ではありません。私は、桃弥くんに何度も謝りました。綾乃さんも、涙を流していました。

そのとき、廊下から大きな足音がして、清次さんが部屋に入ってきました。清次さんは苛立《いらだ》った声で「おい。あんまり待たせるな」と言うと、桃弥くんを強引に抱いて、出て行ってしまいました。このまま見送れば、桃弥くんとは二度と会えない……そんな気がしました。彼は、殺人の罪を背負いながら、一生を過ごすことになるのです。それどころか、『左手供養』が終わったあと、片淵家が彼を生かしておく保証もありません。

もう考えている時間はありませんでした。私は、自分の人生と引き換えに、すべてを終わらせることを決意しました。

長々と、無駄の多い文章を読ませてしまい、申し訳ありませんでした。今、綾乃さんと浩人と桃弥くんは、○○区のアパート、○○の○号室に暮らしています。私はもう、家族を守ることはできそうにありません。綾乃さんは、近くのスーパーでパートをしていますが、それだけで暮らしていくことは難しいでしょう。大変、厚かましいお願いではありますが、三人の生活に、ご支援をいただけませんでしょうか。どうか、よろしくお願いいたします。

敬具

片渕慶太

喜江さんは、ソファの上に置かれていた新聞を手に取り、「二人とも、まだ読んでないでしょ?」と言って、私たちの前に広げて見せた。一〇月二五日、夕刊。先ほど配達されたばかりのものだろう。

「義理の家族を殺害　男を逮捕」

25日、警視庁○○署は殺人容疑で、東京都○○区、職業不明の片淵慶太容疑者を逮捕した。片淵容疑者は、今年の7月に義祖父の片淵重治さん、重治さんの甥である森垣《もりがき》清次さんを殺害・遺棄したとして、○○署に出頭した――

片淵　じゃあ、慶太さんは……

喜江　ええ……。今、警察で取り調べを受けているそうよ。

片淵　そんな……なにも……殺すことなんて……

喜江　そうね。本当に……。私もそう思う。でもね、慶太さんは、自分の人生を棒に振ってまで、綾乃たちのことを守ろうとした。それは事実だと思うのよ。

片淵　それは、そうかもしれないけど……。罪は相当重くなるんでしょ……

喜江　たぶんね……。でも、できるかぎりのことはする。あちらのご家族とも相談して、弁護士を頼んで、少しでも刑が軽くなるように、これまでの経緯をすべて明らかにするつもり。でもね、それとは別に、柚希にお願いしたいことがあるの。お姉ちゃんたちのこと。

片淵　そういえば、お姉ちゃんは⁉　無事なの？

喜江　ええ。さっき、電話で話したわ。だいぶ意気消沈していたけど、とりあえず三人とも健康だそうよ。手紙に書いてあったアパートにいることも分かった。それでね、柚希。どうか、お姉ちゃんの力になってあげてほしいの。お金のことはお母さんがなんとかするから、精神面で三人を支えてあげて。綾乃は、柚希に一番会いたがっていたから。

――この後、片淵さんと喜江さんは、綾乃さんたちの住むアパートに向かうことになった。

私も誘われたが、当然、部外者が立ち会うべきではない。丁重にお断りした。

別れ際、片淵さんは、こちらが申し訳なくなるほど、何度も頭を下げ、お礼を言った。

＊＊＊

警察の捜査、および片淵慶太さんの他、複数人の証言により、以下のことが判明した。

片淵重治さん、森垣清次さんの遺体は、○○県内の山中で発見され、その時点ですでに死後三ヵ月が経過していた。

片淵重治さんの妻、文乃さんは重度の認知症を患っており、重治さんの死後は○○県の養護老人ホームに入居している。

片淵美咲さんの行方は、現在も分かっていない。○○県内のコンビニでそれらしい人物を目撃した、という証言が出ているが、真偽は定かではなく、警察による捜索が続いている。

＊＊＊

ご無沙汰しております。
片渕柚希です。

その節は本当にお世話になりました。
あれからの出来事についてご報告したく、メールを書かせていただきます。

現在、姉と浩人くん、そして桃弥くんは、母のマンションに身を寄せています。
母は、二人の孫との生活が楽しいようで、以前よりも表情が明るくなりました。
姉はパートをしながら、保育士の資格を取るため、勉強しています。

これからどうなっていくのか、私たちにも分かりません。
慶太さんの裁判は終わりが見えず、日々、心痛は絶えませんが、
子供たちのためにも、なるべく笑顔を絶やさないように、楽しく
頑張って暮らしています。

いつか、状況が落ち着いたら、改めてお礼をさせていただきたいと思っております。

栗原様にも、どうかよろしくお伝えください。

片淵柚希

後日、梅丘のアパートで、栗原さんに一連の出来事を報告した。

栗原 なるほど。そういうことだったんですか。私が思っていたよりも入り組んでいたんですね。結局のところ、私はほとんど役に立てなかったようですね。

筆者 そんなことはないですよ。片淵さんも感謝していました。栗原さんのおかげでいろいろなことが分かりました、って。

栗原 そうですか。まあ、今後のことは、いち部外者として見守っていきましょう。

――栗原さんは、コーヒーを一口すすって息を吐いた。

栗原 しかし……あと一人は誰だったんでしょうね。

筆者 あと一人……って？

栗原 殺された片淵分家の子供ですよ。蘭鏡は桃太に、**三人の子供**を殺害させたんですよね。第一婦人が産んだ長男、第三婦人が産んだ三男・四男。でも、掟に従えば『左手供養』は、子供が一〇歳から一三歳になるまで毎年行わなければいけない。一〇歳、一一歳、一二歳、一三歳、それぞれの年に一人ずつ。つまり、全部で四人の子供が殺されることになります。あと一人、被害者がいるはずなんですよ。

栗原　うーん……途中で断念したんじゃないですか？「分家側が本家の動きに気づいて、交流を絶ったのかも」と喜江さんも言っていましたし。

筆者　もし気づいていたなら、「交流を絶つ」だけで済むでしょうか。それに、宗一郎は儀式が終わったあとも、子供たちに『左手供養』を厳しく教え込んだんですよね。そこまで儀式に執着する人間が、途中でやめたりするでしょうか。

栗原　…………

筆者　やっぱり私は、殺された四人目がいると思うんですよ。

栗原　でも、四人も子供が殺されたら、さすがに清吉も、何か気づくと思うんですよね。

筆者　清吉は本当に気づいていなかったんでしょうか？

栗原　え？

栗原　気づきつつ黙認していた、という可能性はありませんか。要は「間引き」です。——「間引き」……子供の数が増えすぎないよう、堕胎、もしくは乳児を殺《あや》めること。日本では、明治頃まで、この風習が残っていたという。

筆者　しかし、間引きというのは、貧しい家庭で口減らしのために行われていたものでしょう？　富豪の清吉がそんなことをする意味はないように思いますが。

栗原　間引きは貧困者だけのものではありません。清吉には何人もの妻がいた。その間では絶えず権力争いが起こっていた。それはもはや清吉ですら制御できないほど深刻なものになってしまった。自分に火の粉がかかることを恐れた清吉は……まあ、単なる憶測にすぎませんけどね。

筆者　……やめましょう、こんな話。なんにせよ昔の出来事です。清吉は亡くなっているんですから、今さら考えるだけ無駄ですよ。

栗原　たしかにそうかもしれませんね。では、現代の話をしましょうか。実は私、もう一つ疑問に感じていることがあるんですよ。

重治さんが慶太さんに渡したリストのことです。リストには、分家の子孫の名前が一〇〇名以上書かれていた。どうしてそんな情報を片淵本家が持っていたんでしょうか。

筆者　それは……やっぱり、もともとは本家と分家の繋がりがあったわけですから……

栗原　でもとっくの昔に関係は途絶えたんですよね。戦後、全国に散らばった清吉の子孫の名前と住所を、すべて把握するなんて、不可能に近いでしょう。

筆者　ならどうやって……

栗原　片淵本家に情報を提供した人間がいたんじゃないですか？

筆者　協力者がいたということですか？

栗原　そうです。分家の子孫について調べることのできる人間、それは他でもない、分家内部の人間です。つまり、片淵清吉の子孫の誰かが、敵であるはずの片淵本家に情報を渡していた、ということです。

筆者　いったい誰がそんなことを。

栗原　思いつく人が一人います。清吉の子孫、かつ、片淵本家と繋がりのある人間……

喜江さんです。

筆者 え!?

栗原 たしか、喜江さんのおばあさん、弥生さんは、清吉の七番目の子供だったんですよね。

筆者 ……はい。

栗原 こうは考えられませんか？『左手供養』の四番目の被害者は、弥生さんの兄弟だった。兄弟を殺された弥生さんは、片淵家に復讐を誓った。宗一郎と同様、弥生さんも自分の子供たちに「呪い」をかけたんです。「片淵家の人間を殺せ」という呪いです。

それは世代を超えて、喜江さんに託された。喜江さんが片淵家に嫁入りしたのは、はたして偶然でしょうか。ようちゃんの死、旦那さんの事故、慶太さんの反逆、すべては喜江さんの計画だったのではないか……と。

――「そんなわけがない」……と言いかけて、一瞬躊躇《ちゅうちょ》してしまった。栗原さんの推理は暴論。ありえない話だ。しかし、喜江さんに関して、いくつか引っかかりを感じていたのも事実だった。

喜江さんが蘭鏡について話したときの言葉。「――そこで以前、ある方法で蘭鏡のことを調べたんです――」……「ある方法」とは何だったのか。

そして、宗一郎が書いた『左手供養』五ヵ条の紙。おそらく片淵家にとって、最も大事なもののはずだ。それをなぜ、喜江さんが持っていたのか。

そういえば……喜江さんと電話で話した翌日、美咲さんは監禁された。翌日……偶然だろうか。

さらに、重治さんが宮江恭一さんのことを知るきっかけとなった埼玉の地方新聞。埼玉から遠く離れた場所に住む重治さんが、なぜそんなものを……

次々に不穏な考えが、頭をよぎる。

とはいえ、喜江さんの人柄、泣きながら娘に懺悔《ざんげ》する姿が、演技であるとは思えない。しかし……

筆者　いや……そんなこと、ありえないですよ。

栗原　まあ、これも単なる「憶測」ですから。気にしないでください。

栗原さんは笑顔で言うと、コーヒーを飲み干した。その悪意のない不謹慎さに、私はほんの少し苛立ちをおぼえた。

単行本　二〇二一年七月　飛鳥新社刊

文庫版あとがき

栗原

私が雨穴氏とはじめて会ったのは、二〇一八年のことだ。

氏は当時ウェブライターをしており（氏に言わせれば「今も本業はウェブライター」とのことだが、動画や書籍など無節操に手を広げ、年に数本しか記事を書かなくなった人間をライターとは呼ばないだろう）、建築に関する記事の執筆に際して専門家の意見が必要だったらしく、私に取材を依頼してきた。

結局、その記事はお蔵入りとなったそうだが、そこでの出会いを起点として、氏とはたびたび仕事（便宜上そう記すが、はたして氏との関わりを仕事と呼ぶべきかは分からない）を共にするようになった。

具体例を時系列で記す。

・片渕家事件（この本に記された事件である）
・八原《やはら》家事件（「中古住宅で発見された、不気味なビデオテープの正体」というタイトルで記事が公開されている）
・鶴田《つるた》家人形事件（「人形に録音された、知らない子供の声の謎」というタイトルで記事が公開されている）
・浦川《うらかわ》氏仕送り事件（「差出人不明の仕送り」というタイトルで記事が公開されている）
・暮田《くれた》氏ＡＩ事件（「【科学ホラーミステリー】変なＡＩ」というタイトルで記事が公開されている）

これらの記事、および書籍はすべて初稿の段階で目を通したが、一貫して言えるのは、いずれも随所に嘘があるということである。いや「嘘」は言い過ぎかもしれない。雨穴氏の名誉のために訂正しておくと、事実無根の作り話が書かれている箇所は一つもない。

だが「本当のこと」が抜け落ちている箇所はある。つまり雨穴氏は文章において、実際にあったことをある程度省いて書いているということだ。

ただし、だからといって氏が不誠実な書き手であると糾弾《きゅうだん》するつもりはない。不特定多数を読み手と想定した文章を書く上で、一定の情報を省くことは必要である。

たとえとして次の文章を読んでいただきたい。

「今日は太郎くんのお母さんの誕生日です。太郎くんはプレゼントのケーキを買いに行くことにしました。その途中、道に手袋が落ちていました。ケーキ屋さんに着くと、とてもおいしそうなケーキがありましたが、それを買うにはお金が足りませんでした。そこで太郎くんはあまりおいしそうには見えない安いケーキを買いました。太郎くんは素敵なプレゼントが買えず落ちこんで家に帰りましたが、お母さんは嬉しそうにケーキを食べて『おいしい』と言いました。太郎くんはそれを見て元気になりました」

この文章において、明らかに「手袋」のくだりは無駄である。無駄どころか「手袋が道に落ちていたことが、ケーキの話とどういう関係があるんだ?」といたずらに読者を混乱させるだろう。ゆえに、これがエピソードとして記されるとき、多くの場合「手袋」は省かれる。それによって「太郎くんとお母さんの親子愛」が雑味なく伝わるホスピタリティに富んだ文章が完成するわけだが、万に一つの確率で「手袋」に何らかの本質があったら、読み手はこの話の本質を知る機会を最初から奪われてしまうことになるのだ。

実を言うと『変な家』にも、雨穴氏によって省かれた「手袋」がある。本文の最後、私がある憶測を話すシーンが登場するが(内心苛立たれていたことを後から知って少しばかり傷ついた)、このとき私が話した憶測はもう一つあったのだ。氏はあえてそれを書かなかった。おそらく当事者たちに配慮したためだろう。

氏の心遣いは理解できるものの、書籍が文庫化されるほど時が流れたのだからもう時効といっていい。ここに書き記すことにする。

＊＊＊

東京の家の間取り図を見ると、一階の寝室のリビング側に小窓があることが分かる。個室に小窓があるケースは稀《まれ》である。「外から部屋の中が見えてしまう」という意味においてプライバシーが犠牲になるからだ。

ではこの小窓、はたして何のために取り付けられたのだろうか。

「間取りは片淵家が主導で作成する」というのが独立の条件であったことを考えるならば、小窓は片淵家のアイデアによって付けられたと推測するのが自然だ。そしてこの片淵家はこの家が「殺人に使われる」という前提で間取りを作成した。部屋は哀れな犠牲者の寝室である。であれば「殺人者＝慶太・綾乃夫婦がターゲットをリビングから監視するための装置」という（安易な）推理は成り立つ。が、本文を読んだ方ならお分かりの通り、この部屋に監視装置は必要ない。なぜなら、犠牲者たる客人はベッドに入る前に浴室で殺害される手筈《てはず》だったからだ。

では考え方を変えよう。「間取りは片淵家が主導で作成する」の「主導」に注目すれば「あくまで主導であって単独ではない」と読み取ることもできる。ゆえに、慶太・綾乃夫婦の提案によって作られた可能性も否定できない。

仮にそうであった場合、二人はなぜこの部屋に小窓を付けたのか。これに関しては本文中の私の発言を引用しよう。

栗原　一階の寝室。ここは客間としても使われていたと思いますが、普段は父親の寝室だったのではないでしょうか。彼らは日常的に殺人を行っていた。逆に、自分たちが命を狙われる危険もあります。妻や子供に危害が及ばぬよう「城を守る」のが父親の役目だったのではないかと思います。

かつての私の考えに沿えば、この小窓は父親＝慶太氏が寝室から家の中を監視するためのものだった、と推理できる。だが、これに関しても正しいとは言えない。慶太・綾乃夫婦は「殺人」をしていない（厳密にはそうとは言えないが、いわゆる「片渕家が望む殺人」という意味では二人は殺人を最後まで拒否し続けた）し、するつもりもなかった。ゆえに、彼らに復讐する侵入者も存在しようがなく、慶太氏が一階を監視する必要もない。

では、いったい何のための小窓なのか。ここで少しだけ突飛な考え方をしてみたい。

今私が挙げた二つの推理を合体したらどうなるだろうか。

・小窓は、慶太・綾乃夫婦が部屋の中を監視するためのものだった。
・この部屋は慶太氏の寝室だった。

小窓は、慶太氏の寝室を外から綾乃氏が監視するためのものだった……滅茶苦茶な推理だ、と思うかもしれない。思われても当然だ。慶太氏と綾乃氏は仲睦《なかむつ》まじい夫婦であり、片淵家に歯向かうパートナーである。そんな二人が監視・被監視関係にあったなど考えられない。

ただ、それはあくまで慶太氏の手紙の内容を信じるならばの話である。

そもそもの話をすれば、慶太氏が片淵家に関わる必然的な理由はない。「綾乃氏を愛している」という、そのただ一点のみのために慶太氏は自らの意思で巻き込まれた。「愛の力」と賞賛する人もいるだろうが、私はそこにいささかの疑問を持ってしまう。「学生時代の恋人のために人生を犠牲にするか？」と思う。慶太氏は逃げられなかったのではないか。

もちろん、これは私の憶測でしかなく、証拠は何もない。だがそれと同じように、あの手紙が慶太氏によって書かれたものであると断定する証拠も、またないのである。

雨穴《うけつ》

インターネットを中心に活動するホラー作家。
ウェブライター、YouTuberとしても活動している。

変な家　文庫版

2024年1月31日　第1刷発行
2024年2月29日　第2刷発行

著　者　雨穴

発行者　矢島和郎
発行所　株式会社　飛鳥新社
〒101-0003東京都千代田区一ツ橋2-4-3
光文恒産ビル
電話（営業）03-3263-7770　（編集）03-3263-7773
https://www.asukashinsha.co.jp

装　幀　辻中浩一（ウフ）
本文デザイン・DTP　飛鳥新社デザイン室
校　正　麦秋アートセンター
協　力　株式会社バーグハンバーグバーグ
印刷・製本　中央精版印刷株式会社

この作品は、フィクションです。

ISBN978-4-86410-993-2

編集担当　杉山茂勲